BELLA FRANCES

# Liaison en Grèce



*Traduction française de*
BARNABÉ D'ALBES

AZUR

HARLEQUIN

*Collection :* Azur

*Titre original :*
THE CONSEQUENCE SHE CANNOT DENY

*Ce roman a déjà été publié en 2018*



**HARPERCOLLINS FRANCE**
83-85, boulevard Vincent-Auriol, 75646 PARIS CEDEX 13
Service Lectrices — Tél. : 01 45 82 47 47 - www.harlequin.fr
ISBN 978-2-2804-8932-4 — ISSN 0993-4448

Composé et édité par HarperCollins France.
Imprimé en mai 2023 par CPI Black Print (Barcelone)
en utilisant 100% d'électricité renouvelable.
Dépôt légal : juin 2023.

FSC www.fsc.org MIXTE Papier issu de sources responsables FSC® C159065

Pour limiter l'empreinte environnementale de ses livres, HarperCollins France s'engage à n'utiliser que du papier fabriqué à partir de bois provenant de forêts gérées durablement et de manière responsable.

# 1.

« *Heavenly*… L'exquise intuition que le meilleur est à venir ! »

Imprimé sur toute la largeur du dossier de presse, le slogan du magazine reflétait l'optimisme de Coral Dahl. La jeune femme s'enfonça confortablement dans le fauteuil en cuir du jet privé, propriété du groupe Romano Publishing. D'un geste machinal, elle feuilleta les pages rangées dans l'élégante chemise. Oh oui, elle voulait croire que le meilleur l'attendait, et elle investissait tous ses espoirs dans ce voyage !

Naturellement, pour les gens de la mode qu'elle accompagnait — une petite troupe composée de directeurs artistiques, stylistes, maquilleurs, coiffeurs et membres de la rédaction —, il s'agissait d'un jour comme les autres. Couvrir des événements de portée internationale auprès de stars glamour, c'était leur quotidien.

En revanche, pour Coral, photographe débutante, il s'agissait d'un baptême du feu. Et surtout d'un tremplin de première classe ! Ce travail représentait à la fois une chance fabuleuse et un enjeu crucial car il pouvait lancer sa carrière. Dans moins d'une heure, l'avion se poserait sur Hydros, la fameuse île privée de la non moins fameuse dynastie des Di Visconti.

Elle resterait sur place toute la journée, pour prendre

des photos du fils de la famille, Salvatore, et plus spécialement de sa fiancée, Kyla. L'union serait célébrée d'ici quelques jours avec le même faste que chez les têtes couronnées… quoique dans une relative intimité. Le mariage excitait d'autant plus la convoitise des médias que l'accès à l'événement serait réservé à un échantillon de la jet-set trié sur le volet. D'ailleurs, Coral n'avait obtenu la validation de son contrat qu'après avoir signé un protocole de confidentialité en triple exemplaire !

— Écoutez-moi, lança soudain Mariella, la rédactrice en chef, en traversant la cabine d'un pas vif. Apparemment, le frère de Salvatore va être là et c'est lui qui va superviser notre couverture média. Oui, vous avez bien compris : Raffaele, notre « big boss », celui qui dirige le groupe. Je ne veux surtout pas de crises de panique. N'oubliez pas qu'à la moindre difficulté je serai toujours là pour vous. Et nous sommes tous des professionnels : nous savons ce que nous faisons. Enfin… *presque* tous.

En entendant ces derniers mots, Coral sentit le regard de Mariella peser lourdement sur elle.

— Par conséquent, ça se passera très bien, reprit-elle. Je lui en donnerai la garantie dès notre arrivée, et si jamais quelque chose lui déplaît, je me chargerai de régler le problème. J'ai l'habitude, je le connais depuis un bout de temps. D'accord ?

Coral regarda autour d'elle. Les hommes acquiesçaient d'un air grave, chaque femme semblait soudain traquer la moindre imperfection de maquillage dans le miroir de son poudrier.

— Qu'est-ce qui se passe ? demanda-t-elle à la fille installée à côté d'elle.

— C'est Raffaele Rossini, expliqua sa voisine en appliquant sur ses lèvres une touche de gloss. Le grand patron de Romano. Il est très exigeant, et en plus… il est beau à tomber ! Oh, bien sûr nous, les employées du magazine, on n'a pas une chance, mais ce n'est pas une raison pour ne pas essayer !

Coral haussa les sourcils. Pour sa part, elle n'essaierait *rien du tout*. Avec personne. Ce voyage était strictement professionnel. Deux heures plus tôt, elle recevait son ordre de mission et c'était tout juste si elle avait entendu parler de la famille Di Visconti. Maintenant, après avoir absorbé la masse d'informations rassemblées dans le dossier de presse, elle était incollable à propos de feu Giancarlo. C'était lui le fondateur, l'homme parti de trois fois rien qui avait bâti un empire. Sa compagnie, Argento Croisières, l'avait rendu multimilliardaire. Coral avait trouvé nettement moins d'éléments au sujet de son fils, Salvatore, et d'un personnage assez discret : Raffaele Rossini, qui dirigeait la branche de l'empire consacrée à la presse — et par conséquent, au sein du groupe Romano Publishing, le magazine *Heavenly*.

— Personne n'est proche de Raffaele, précisa sa voisine. Il est comme un dieu : il flotte tout là-haut, au-dessus des nuages. C'est assez incroyable de penser qu'on va vraiment le rencontrer !

Coral baissa les yeux sur le papier glacé, admirant deux très belles photos reproduites en pleine page. L'une, datant des années 1950, en noir et blanc, représentait le premier — et unique — paquebot de la société Argento ; et l'autre, prise récemment, en format panoramique, mettait à l'honneur une flotte de douze somptueux vaisseaux. Il n'existait pas de ligne de croisière plus luxueuse dans le monde.

Feuilletant les pages, elle chercha quelques renseignements plus consistants à propos de Raffaele, mais elle n'apprit rien d'essentiel, juste des détails ou des évidences : il possédait une villa dessinée par un grand architecte sur la côte de l'île, non loin de la propriété de la famille, il avait lancé un nombre impressionnant de journaux et de revues, et ses revenus annuels se chiffraient en millions.

Elle fronça les sourcils.

— Pourtant, observa-t-elle, la presse n'a pas grand-chose à raconter sur ce dieu vivant.

— En effet. C'est un homme qui garde jalousement son intimité et qui n'aime pas sentir les feux des projecteurs se poser sur lui, intervint Mariella en s'arrêtant pile devant elle.

La dominant de toute sa hauteur, elle enchaîna :

— Et il est rarissime qu'il s'implique personnellement dans un reportage. Par conséquent, que chacun d'entre vous soit au top et concentré à cent pour cent sur son job, d'accord ? Coral, vous vous sentez prête ? Cet après-midi, ce sera une séance assez brève avec la fiancée, Kyla. Nous la ferons dehors, sur la terrasse, quelque chose de simple et de direct. Ça ira ? Surtout, mon poussin, n'allez pas chercher des mises en scène compliquées. Ne vous affolez pas. Ne parlez que si on vous interroge. Laissez faire les pros.

Coral sentit son ventre se nouer. *Dehors* ? Sur la *terrasse* ? Son talent créatif allait donc se limiter au positionnement des panneaux réfléchissants ? Après tous les efforts qu'elle avait fournis pour remporter ce contrat ?

Car elle avait constitué un portfolio de haute volée sur le plan artistique. Elle voyait déjà le regard horrifié de sa mère si celle-ci apprenait que sa fille, prunelle de ses yeux, enfant prodigue sortie première de la plus grande école des beaux-arts d'Angleterre, se contentait d'appuyer sur le bouton rafale de son appareil face à la future femme-trophée d'un millionnaire.

Elle ferma les yeux un instant et respira lentement. Allons, voyons, du calme. Pas de quoi dramatiser. Après tout… c'était un début. Le point de départ dont elles rêvaient, sa mère et elle, depuis des années. Bonus non négligeable : sur une île de rêve ! Et l'essentiel demeurait de voir ses clichés et son nom apparaître dans *Heavenly.* Tout bien considéré, pour un premier travail en tant que photographe professionnelle, ce n'était pas si mal.

En pensant à sa mère, Coral sentit une douce chaleur se répandre en elle. Le jour de la remise des diplômes, lire enfin une fierté débordante sur le visage de Lynda, après tant d'épreuves traversées… Jamais elle n'oublierait la sensation jubilatoire qu'elle avait éprouvée. Plus elle y réfléchissait, plus elle était sereine : même si le reportage demandé n'avait rien de très artistique, Lynda ne serait pas déçue. Au contraire, elle se réjouirait de cette opportunité pour Coral.

Le jet entama sa descente, révélant bientôt le bleu lumineux du sud de l'Adriatique, puis les reflets changeants de la mer Ionienne, si caractéristiques du bassin méditerranéen. Le soleil étincelait sur cette journée à marquer d'une pierre blanche — cette journée qui inaugurait une nouvelle vie pour elle. C'était l'évidence : enfin le vent tournait !

L'atterrissage se fit en douceur, et la troupe se prépara à quitter l'appareil. Sur le tarmac, tout en savourant l'exquise tiédeur de l'air, Coral s'écarta un peu de ses comparses pour téléphoner à sa mère. Sans oublier la clause de confidentialité, elle savait qu'elle devait avant tout rassurer Lynda : c'était une grande anxieuse, sujette aux crises de panique — et quand elle paniquait…

La tonalité retentit dans la vide. Tandis que ses collègues traversaient la piste, elle se résolut à pianoter hâtivement un texto.

Bien atterri sur île secrète en Grèce. En route pour rencontrer les clients ! Je voudrais t'en dire plus mais je suis tenue au secret. T'embrasse fort, fort.

Bon, ça irait, songea-t-elle en rangeant son appareil au fond de son sac avant de courir rejoindre les autres. Ils avaient sagement formé une file d'attente et frétillaient d'impatience. En se penchant, Coral comprit pourquoi : comme à une station de taxis, garés les uns derrière les autres, de rutilants 4x4 noirs attendaient. Et près de chaque voiture se tenait un chauffeur en livrée. Tout le monde restait immobile à patienter, sans un mot… quasiment au garde-à-vous.

— Oh mon Dieu ! s'exclama une fille non loin d'elle. Le voilà ! Regardez, c'est une vraie bombe !

Coral fixa la silhouette qui descendait d'une longue berline et approchait, d'un pas aussi tranquille que ferme. C'était donc lui, le fameux Raffaele Rossini. Ce type méritait-il tant de raffut ? Elle réveilla son œil de photographe pour enregistrer le moindre détail, traiter et classer les informations.

Top départ. Physionomie générale ; grand et bronzé, comme pratiquement tous les millionnaires. Épaules, torse, ventre, hanches, jambes : de haut en bas, proportions impeccables et musculature athlétique. Charisme : stupéfiant même à cette distance. Cheveux d'un brun subtilement mordoré et non noirs, comme souvent les hommes d'affaires ; coupe plus courte. Barbe de trois jours sculptant pommettes, joues et ligne de la mâchoire. Bilan, pouvoir de séduction : hors normes.

Coral déglutit. En parvenant à moins de dix mètres

du groupe, l'homme se révélait davantage. Elle *perçut* sa présence. L'aura de son grand corps viril. Eh bien… Inutile de prétendre le contraire, cet homme possédait un magnétisme surnaturel ! Toutefois, mieux valait ne pas l'oublier : c'était son *patron.* « Rester dans le rang », telle était la règle d'or.

Il s'arrêta, probablement pour jauger chaque membre de l'équipe d'un regard expert, mais il était impossible de deviner ce qui se passait derrière ses lunettes de style aviateur à verres polarisés. Il conservait, en outre, une expression imperturbable — neutre. En revanche, dès qu'il ouvrit la bouche, sa voix lui fit l'effet d'une onctueuse caresse.

— Bienvenue sur Hydros, déclara-t-il au groupe. J'espère que le vol a été agréable. Mes hommes vont vous escorter vers vos villas où, j'en suis sûr, vous trouverez tout le confort requis.

Mariella sourit en signe de gratitude et chacun, l'imitant, hocha gracieusement la tête. Coral n'était pas concernée par la question de l'hébergement puisqu'elle repartirait dès la fin de sa séance, en fin d'après-midi.

— Ainsi qu'il est stipulé dans le contrat de confidentialité que vous avez signé, enchaîna-t-il, nous n'autorisons ni prise de photos personnelles, ni enregistrement vidéo, ni connexion aux réseaux sociaux.

D'un même geste, le groupe opina en guise d'acquiescement.

— Bon. Et ta protégée, Mariella ? Où est-elle ?

Les autres s'écartèrent aussitôt, et Coral s'aperçut que l'homme la considérait avec une attention soutenue. La rédactrice en chef la désigna d'un ample geste.

— Voici Coral Dahl, Raffaele. C'est la jeune artiste dont je t'ai parlé, en effet.

S'efforçant de n'avoir l'air ni trop timide ni trop décontractée, Coral sourit et attendit qu'il réponde quelque chose, mais il garda longtemps le silence, sans cesser de la dévisager.

— C'est donc vous qui avez remporté le concours d'admission pour la séance avec Kyla, nota-t-il enfin.

— Oui, c'est exact, confirma-t-elle. Je suis très heureuse de vous rencontrer et d'avoir la chance de travailler pour le magazine.

Une nouvelle fois, son interlocuteur demeura interdit. Puis, sans piper mot, il fit deux pas dans sa direction.

— Nous allons en parler durant le trajet, annonça-t-il. Donnez-moi votre bagage.

Bêtement, elle baissa les yeux sur la grande sacoche en cuir qui lui servait à la fois de sac à main, d'attaché-case et de valise.

— Oh non, c'est inutile. Je me débrouille très bien toute seule, répliqua-t-elle en riant.

Raide comme la justice, il attendit. D'abord interloquée, Coral finit par comprendre : toute *proposition* de Raffaele Rossini était un *ordre*. Pas de question, pas de négociation, pas d'argumentation… Docile, elle lui tendit son sac.

— Par ici, dit-il en l'invitant à le suivre vers la berline.

Après lui avoir ouvert la portière, il fit le tour du véhicule et s'assit au volant. Coral retint son souffle. Elle n'était pas idiote. De toute évidence, quelque chose ne convenait pas au « big boss » et elle allait avoir droit à un test ou à une nouvelle évaluation. En reprenant sa respiration, elle fut frappée par la puissance du parfum de cuir et de musc, puis par la fraîcheur des effluves dégagés par l'homme qui s'asseyait à côté d'elle. Inutile de jeter un coup d'œil au-dehors : elle sentait très bien les regards lourds de sens de ses futurs collègues… Heureusement, Raffaele démarra vite et ils se retrouvèrent sur une route non goudronnée, caillouteuse et étroite. Elle attacha sa ceinture.

— Allez, Coral, parlez-moi un peu de vous, lança-t-il.

Non sans un frisson, elle entendit distinctement une note de défi dans sa voix.

# 2.

Hochant la tête, Coral prit une inspiration. Il fallait convaincre cet homme redoutablement exigeant qu'elle était capable de réussir sa mission.

— Eh bien… J'ai vingt-quatre ans. Je vis à Londres dans un petit appartement du quartier d'Islington, et je travaille dans un café juste au coin de ma rue. Depuis toujours, je rêve de devenir photographe de mode. C'est la raison pour laquelle ce contrat représente une chance extraordinaire, à mes yeux.

— Je vois. Et vous avez suivi un cursus artistique ?

Coral fronça les sourcils en voyant leur route se rétrécir encore, gagner en altitude et sinuer en direction d'un haut récif. Elle se raidit et serra la poignée de la portière.

— Oui, j'ai étudié dès le plus jeune âge les beaux-arts. Il se trouve que ma mère est elle-même une artiste et que j'ai, pour ainsi dire, grandi dans les galeries. Chaque fois que c'était possible, elle m'emmenait à des vernissages aux quatre coins du pays, quand elle n'était pas…

— Hum ? Quand elle n'était pas… ?

— Euh, ce que je veux dire, c'est que j'ai préféré la photographie aux arts graphiques, en mastère, parce que j'ai trop vu ma mère lutter pour joindre les deux bouts. Je voulais m'engager dans un parcours d'artiste, ça oui, mais qui me permettrait de gagner convenablement ma vie, et…

— Le marché que vous visez est saturé, interrompit-il. Qu'est-ce qui vous fait croire que vous pouvez réussir ?

— Je suis douée, répliqua-t-elle sans hésiter.

Elle ne le disait pas pour se vanter, mais parce qu'elle savait que c'était vrai. Du coin de l'œil, elle tenta d'interpréter l'expression mutique de son visage. La prenait-il pour une petite prétentieuse ? Pour une ambitieuse sans foi ni loi ?

— Mastère artistique en photographie… Et ma rédactrice en chef la plus expérimentée pense que votre travail est vraiment remarquable. Chapeau.

— Merci, souffla-t-elle, soulagée.

Enfin un compliment !

— Cependant, enchaîna-t-il aussitôt d'un ton sec, le dossier est bien trop sensible pour que je puisse me permettre de le confier à une novice.

Aïe. Tel était donc le problème. Son manque d'expérience. Seigneur, songeait-il sérieusement à lui *retirer* le job ?

— Examinons d'abord cette série de photos sous son angle esthétique, reprit-il. Qu'est-ce que vous avez prévu ? Un scénario ? Un concept ? Un fil conducteur pour une mise en scène ?

Coral déglutit avec peine. Elle aurait bien aimé lui donner satisfaction, mais Mariella avait choisi la version « juste des photos sur la terrasse »… Pour autant, pas question de dénoncer l'erreur de la rédactrice en chef.

Son cerveau se mit à tourner à plein régime, dans la quête frénétique d'une idée. Elle regarda le paysage — fascinant, inspirateur. Au loin, tout un archipel se découpait sur le bleu azur des flots, dressant fièrement son pourtour de pierres volcaniques.

— Naturellement, oui, bien sûr, balbutia-t-elle d'une voix faussement enjouée. J'ai pensé à tout cela depuis le moment où nous avons décollé. Et en songeant à la qualité de la lumière que j'allais trouver, à la force des couleurs dans le bassin méditerranéen, je me suis dit qu'il serait intéressant d'explorer l'imagerie et l'univers de la déesse grecque.

Sans réfléchir, elle s'était exprimée par automatisme, mais un coup d'œil vers le profil de son chauffeur lui fit comprendre qu'elle avait deux possibilités : lui vendre tout de suite le concept du siècle ou se résoudre à se retrouver dans le prochain avion pour Londres.

— En fait, poursuivit-elle, quand je pense à Athéna, Aphrodite, Perséphone et les autres, je vois des femmes des années 1970 : libérées de leur carcan et incroyablement féminines. J'aimerais exploiter l'aspect aride du paysage et la lumière naturelle pour y juxtaposer des silhouettes qui auraient l'air filtrées, très douces.

— Hum. Je vois.

Fronçant les sourcils, il se concentra sur la route. Moins d'une minute plus tard, la voiture s'arrêtait devant un fantastique bâtiment, ultramoderne, dominant la côte et la mer. Deux chiens dormaient au soleil, à l'entrée.

Comme il coupait le moteur, il lui fit signe de sortir de voiture. Après avoir obtempéré, Coral se dirigea vers le porche en pierre. Raffaele n'avait toujours pas ôté ses lunettes noires mais, d'un geste, il la pria de le précéder, d'entrer, et insista, en italien :

— *Avanti.*

Les chiens ne bronchèrent pas et elle obtempéra. Il lui fut difficile de retenir une exclamation admirative. Sur un mur entier, la baie vitrée révélait la majesté de l'île, la beauté sauvage des rochers et de la mer. Tout exhalait le luxe, depuis les surfaces lisses des sols de marbre ou de béton poli, jusqu'aux lustres de cristal et à la pureté turquoise d'une sorte de lagon naturel formé à même la roche, devant lequel elle ne put dissimuler davantage sa fascination.

— Ça alors ! souffla-t-elle.

— Le bassin d'Aphrodite, annonça-t-il. On prétend que c'est ici qu'elle donnait le bain à Adonis, quand il était bébé.

Coral avança d'un pas. L'eau gargouillait comme un petit enfant qu'on chatouille. Il s'agissait probablement d'une source naturelle. Mais sous l'onde limpide, la roche apparaissait et s'obscurcissait comme pour rejoindre d'inquiétantes profondeurs.

— Aphrodite était captivée par la beauté d'Adonis, comme ensorcelée, à tel point qu'elle ne supporta pas d'être séparée de lui, raconta-t-il. Malheureusement, un tiers de l'année, elle était contrainte de le partager avec Perséphone.

— Les enfants ne sont pas des valises qu'on s'échange par commodité ! s'indigna Coral.

— Certes non, admit-il d'un ton calme et froid. Mais personne ne discutait les décisions de Zeus.

— Moi j'aurais au moins essayé ! affirma-t-elle en souriant.

— Oui. Je crois volontiers que vous l'auriez fait.

Sur ces mots, il retira ses lunettes et s'approcha d'elle. Il semblait l'examiner. Elle sourit. Il n'y avait rien de désagréable à être scannée par ces yeux d'un bleu marine et, pour sa part, elle ne se privait pas non plus de contempler le visage nu de cet homme aux contours virils et harmonieux. Sa peau couleur de miel, le charisme aussi intense que brûlant qu'il dégageait.

Pourtant, très vite, elle sentit sa gorge se nouer et sa température grimper de quelques degrés. Il était *si près*… Et elle se laissait hypnotiser par sa bouche.

*Quelle bouche* ! Elle rêvait de photographier la perfection de ces lèvres, et même… Oui, elle avait envie de les toucher. Un vertige inexplicable lui voilait les yeux. Seigneur. La styliste à côté d'elle, dans le jet, n'avait pas menti : cet homme était littéralement *à tomber.*

— Vous me disiez donc que la mythologie grecque vous inspirait ?

Mettant brutalement fin à sa rêverie, cette question lui rappela aussi que son hôte était un impatient. Elle s'apprêtait à répondre quand la sonnerie à trois bips qu'elle avait attribuée à sa mère retentit, légèrement étouffée. La seule sonnerie programmée pour rester audible en toute circonstance…

— Euh, je vous prie de m'excuser, balbutia-t-elle en se baissant pour ouvrir son sac.

— Laissez, vous rappellerez, ordonna-t-il. Nous n'en avons pas pour longtemps.

Coral avait le téléphone en main. Elle hésita. Voyons, Lynda comprendrait forcément qu'elle était occupée : elle rappellerait plus tard.

— Entendu, acquiesça-t-elle.

En souriant, elle accepta de le précéder dans un ravissant salon au sol de marbre et, comme il lui emboîtait le pas, elle sentit son regard s'attarder sur sa tenue. Elle avait opté pour sa robe d'été favorite, une coupe années 1950 qui ne lui ferait pas honte au milieu de toutes ces filles à la pointe de la mode, qui lui donnerait la sensation d'être un peu originale… Enfin, c'était ce qu'elle avait espéré. En réalité, elle avait quasiment l'impression de sortir d'un stock de vêtements de l'Armée du Salut.

Un réflexe de défense s'éveilla en elle. Cet homme ne l'embarrasserait pas à cause de ça ! Tout le monde n'était pas né avec une cuiller en argent dans la bouche, voilà tout.

En s'asseyant dans un beau fauteuil de velours vert, comme elle prenait grand soin de caler les pans bouffants de sa jupe sous ses cuisses, elle s'aperçut qu'il ne l'avait pas quittée des yeux.

— Je vais me montrer honnête, déclara-t-il. Votre idée ne me semble ni très innovante ni pertinente.

Oh non… Elle se força à soutenir son intense regard bleu marine.

— Voyez-vous, enchaîna-t-il, ici, les dieux grecs… ça a été fait des douzaines de fois. Kyla est une starlette australienne des réseaux sociaux qui épouse un aristocrate et homme d'affaires italien. J'ai cru que, grâce à votre jeunesse, vous auriez une approche plus fraîche des choses.

— Je peux proposer différent et plus frais, bien sûr ! J'ai des dizaines d'idées et…

— Votre portfolio révèle une grande sophistication, interrompit-il. Vos clichés sont très beaux. Intelligents. Mais le projet qui nous occupe doit être avant tout glamour. Les lecteurs de *Heavenly* veulent un conte de fées du XXIe siècle.

— Oui, je vous suis totalement, approuva-t-elle. C'est ça. Le prince qui a trouvé sa Cendrillon.

Cette fois, son hôte laissa échapper un soupir agacé. Coral déglutit. Allons, vite ! Il fallait qu'elle trouve quelque chose, elle en était capable ! Sinon, tout allait tomber à l'eau.

— Écoutez, reprit-elle très vite, si vous voulez bien me détailler un peu ce que vous avez en tête, je suis certaine d'être capable de vous proposer quelque chose qui vous plaise.

La sonnerie à trois bips retentit une nouvelle fois, et Coral jeta un regard terrifié en direction de son sac. Il fallait à tout prix éviter que sa mère fasse une crise de panique.

— Je, euh… Désolée, je pensais l'avoir mis en mode silencieux, mentit-elle d'une voix rauque. Verriez-vous un inconvénient à ce que je prenne cet appel ?

À ces mots, il la dévisagea d'un air mi-incrédule, mi-scandalisé.

— Vous n'avez pas le sentiment d'être légèrement occupée, en ce moment ? opposa-t-il.

— Monsieur Rossini, je suis parfaitement capable de vous livrer exactement ce que vous désirez. Quand je me lance dans un travail, je ne renonce jamais avant d'être à cent pour cent satisfaite de…

— Et moi je travaille avec des photographes de légende, connus dans le monde entier, rappela-t-il.

Seigneur, il n'allait pas lui donner sa chance, réalisa-t-elle. Il avait déjà pris sa décision. C'était tellement injuste !

— Mais tout le monde doit débuter un jour ! plaida-t-elle. Il y a seulement deux heures que je sais en quoi consiste la mission qu'on m'a confiée.

— Peut-être, mais je comptais sur la réflexion que vous auriez menée pendant le vol.

— Navrée, admit-elle, irritée. Je m'attendais à une conférence de rédaction sur le sujet, et à une conversation avec les clients au sujet de leurs attentes. J'ignorais que j'étais censée conceptualiser quelque chose toute seule dans mon coin durant les deux heures de vol avant de subir un entretien qui ressemble de plus en plus à un interrogatoire.

— Un *interrogatoire* ? Vraiment ?

Elle regretta de s'être montrée si franche. Tant pis. C'était dit.

— Si vous avez réellement l'impression que je vous fais subir un interrogatoire, reprit-il d'un ton sec, je vous conseille de changer tout de suite de carrière. Il s'agit de *business*. Et en l'occurrence, c'est aussi une affaire personnelle. En tant que propriétaire du magazine *Heavenly*, je suis en train de m'assurer qu'une complète novice peut me fournir la qualité que j'attends dans le cadre d'un reportage sur un mariage de famille. Je ne vous connais pas, vous n'avez jamais travaillé nulle part, vous n'avez donc pas de lettre de recommandation… Vous n'offrez *aucune* garantie, sauf la confiance que Mariella vous porte, et ce que vous voulez bien me raconter. Cela ne correspond en rien à mes habitudes. Vous pouvez comprendre que je sois inquiet, non ?

Il s'était exprimé avec beaucoup de calme. De la fermeté, oui, mais pas d'affect.

Elle hochait la tête quand la sonnerie s'éleva. *Encore*.

— Si vous préférez bavarder au téléphone, je vous en prie, ne vous gênez pas pour moi, ironisa-t-il.

Il se moquait d'elle, mais elle saisit l'appareil et confirma :

— Je regrette, je dois décrocher.

Puis, elle se tourna et chuchota :

— Maman, je vais bien, *tout* va *très bien* mais je ne peux *absolument pas* te parler maintenant, je suis au beau milieu d'un entretien… Où ? Eh bien, euh, sur Hydros. L'île s'appelle Hydros… Tu n'as aucune raison de t'en faire. Je te rappellerai dès que possible. Très vite… Oui, promis.

# 3.

Les joues en feu, Coral rangea le téléphone au fond de son sac. Elle osait à peine relever la tête vers lui. Sans perdre une miette de cette conversation, il l'avait contemplée d'un visage de cire, impénétrable, haussant les sourcils avec son élégance coutumière, à l'instant où elle avait effrontément rompu son engagement. C'était probablement la première fois dans l'existence de Raffaele Rossini que, sous son nez, quelqu'un osait violer un contrat conclu avec lui.

— Je suis vraiment désolée, souffla-t-elle. Mais c'était ma mère et j'étais obligée de lui dire où j'étais. Elle a une maladie nerveuse et si elle s'inquiète trop, ça peut devenir sérieux. J'ai bien conscience que le lieu où je me trouve est en principe confidentiel, mais je ne me suis jamais éloignée d'elle sans l'en informer. Naturellement, vos photographes de légende ne se comportent pas ainsi, mais je n'y peux rien : dans ma famille à moi, c'est comme ça.

Un long moment, il demeura interdit. De marbre. Elle comprit que la messe était dite. Amère, elle ne put s'empêcher de conclure :

— Vous n'êtes pas le seul à vous soucier de votre famille, vous savez. La mienne compte autant pour moi que la vôtre pour vous. Alors oui, je m'habille avec des vêtements de seconde main, pas en haute couture. Et alors ?

De toute façon, puisque cet entretien ne mène nulle part, je retourne à Londres retrouver ma mère.

Elle prit son sac et se leva, mais il fronça les sourcils et ordonna :

— Rasseyez-vous.

Coral commençait à se sentir franchement mal à l'aise, mais elle obtempéra.

— D'abord, lança-t-il, c'est moi seul qui décide qui arrive et repart de cette île. Vous ne pouvez partir que grâce à *mon* bateau ou à *mon* jet. Faites une croix sur votre fantasme de départ mélodramatique, à moins que vous ne soyez une nageuse assez exceptionnelle pour gagner le continent à la force de vos muscles.

Coral leva vers lui un regard de défi. Elle n'avait pas l'intention de se laisser menacer.

— Secundo, enchaîna-t-il, je ne négocie pas sur le respect. Nous ne pouvons pas avoir une relation sans respect mutuel, vous et moi. Vous ne me parlerez plus jamais sur ce ton.

— Une relation ? répéta-t-elle.

— Oui, une *relation*, confirma-t-il d'une voix chaude et veloutée. Vous n'avez jamais entendu parler de relation de travail fructueuse et constructive ?

— Je ne comprends pas…

Il soupira et s'assit face à elle, sur le canapé.

— Disons que vous avez réussi le premier test, expliqua-t-il.

Avait-elle bien entendu ? Rêvait-elle ?

— Non… C'est vrai ? Mais… Comment ça se fait ? Qu'est-ce que j'ai dit ? Ce sont les femmes des années 1970 ?

Pour la première fois depuis qu'il était apparu devant

elle, elle eut l'impression qu'il se détendait, et un demi-sourire se dessina au coin de ses lèvres.

— Ah, *ça* non. Vraiment pas. Non, c'est votre loyauté. Votre sens de la famille, profond, solide. À mes yeux, ce sont des indices très importants pour se faire une idée de quelqu'un. Et comme je sais que vous savez prendre des photos, le reste suivra sans difficulté.

Décontenancée, Coral observa un bref silence avant d'interroger :

— Mais je ne vous suis pas… Vous m'engagez alors que mes idées ne vous plaisent pas ?

— Parce que je sais que vous ne me laisserez pas tomber. Ce que vous ressentez pour votre mère reflète exactement ce que j'éprouve pour les Di Visconti. Tant que vous serez sensible à cet aspect des choses, nous pourrons nous entendre.

Lentement, elle hocha la tête.

— Eh bien… Je ne sais pas quoi dire. Tout cela est tellement…

— Ne dites rien, coupa-t-il. Mais prouvez-moi que vous n'avez pas menti et que vous saurez me donner ce que j'attends.

— Entendu. Cela ne devrait pas être difficile. Tous les ingrédients sont là. C'est un couple magnifique.

Le visage de son interlocuteur se referma. Avec la même expression impassible qu'il arborait depuis le début de leur entretien, il observa :

— Il est important de savoir que les futurs mariés sont très différents. Les Di Visconti n'ont jamais recherché l'attention des médias, bien au contraire. Mais Kyla est une femme… astucieuse. Elle entend créer un empire qui permettrait au monde entier d'assister à chaque seconde de sa vie. Or je dois contrôler ce que « le monde » va voir.

Il s'enfonça confortablement sur le canapé et croisa les jambes. La façon dont il la regardait était si intense qu'elle avait le plus grand mal à dominer son trouble. Sans cesse, elle avait des papillons dans l'estomac. Des frissons glacés suivis de bouffées de chaleur. Sa gorge se serrait, ses paumes étaient moites.

— Voyez-vous, poursuivit-il, Giancarlo a consacré les vingt dernières années de son existence à faire en sorte que sa famille ne soit jamais importunée par le monde extérieur. J'avais huit ans quand il m'a adopté : je pense être assez bien placé pour en juger. Il est donc hors de question que la vanité d'une personne détruise la paix et l'intimité que cette famille a chèrement gagnées.

Coral se redressa légèrement sur son siège. Même si la voix de son hôte ne trahissait rien, elle devinait la force des sentiments que dissimulaient ces paroles.

— Je vois, murmura-t-elle. Je vous avoue que j'ignorais… Je ne savais pas que vous étiez son fils. Bien que cela ne me regarde en rien.

— En effet, ce ne sont pas vos affaires, mais il se trouve que cette information relève du domaine public. J'étais dans la même école que Salvatore, en Suisse. Nous attendions que nos parents viennent nous chercher pour les vacances de Noël, et les miens ne vinrent jamais. J'avais huit ans. Ils étaient en retard parce que ma mère donnait une interview. Elle était actrice et assurait la promotion de son dernier film. Une tempête s'est levée, et une avalanche a emporté la route qu'ils empruntaient, mon père et elle. Ils sont morts sur le coup.

— Oh mon Dieu ! Je suis désolée, vraiment…

— Ne vous excusez pas. À compter de ce jour-là, Giancarlo m'a pris en charge et n'a jamais cessé de veiller sur moi. Devenir un membre de cette famille a été une vraie bénédiction. Vous comprendrez, je pense, pourquoi je tiens tant à ce que le nom des Di Visconti ne soit pas entaché par cette…

— Histoire d'amour ?

— Cette farce, corrigea-t-il en arrimant son regard au sien. Je veux que chaque détail soit supervisé, jusqu'au dernier grain de poudre que Kyla posera sur ses joues.

— Hum. Alors l'aspect artistique ne vous intéresse pas vraiment, au fond ? Vous voulez surtout avoir la garantie qu'il n'y aura pas de fuite ni de clichés indésirables qui risqueraient de montrer votre famille sous une lumière peu flatteuse ?

— Oh ! j'ai déjà la garantie qu'il n'y aura pas de fuite ! s'exclama-t-il, sûr de lui. Parce que la moindre publication sans mon accord ferait l'objet de poursuites féroces et sans merci. N'en doutez pas un instant, mademoiselle.

Coral haussa les sourcils. Il y avait clairement une mise en garde dans la voix de son patron.

— Vous ne supposez pas que je serais moi-même capable de faire une chose pareille ? Je suis venue ici pour entamer ma carrière de photographe. Rien d'autre.

Il ne répondit rien, mais elle crut voir passer une émotion dans ses yeux. Enfin, il se releva et conclut :

— Je crois que nous nous sommes compris. Je vous propose de partager mon déjeuner, puis je vous ferai visiter les environs. Vous me parlerez un peu de vous et de votre conception du conte de fées. Ce sera… la seconde partie de votre interrogatoire.

Un sourire complice se dessina sur ses traits. À cet instant, enfin, Coral laissa échapper un long soupir, libérant l'air qui comprimait ses poumons depuis le début de leur conversation.

— Oui, volontiers, acquiesça-t-elle.

Cet homme-là était tellement séduisant que le regarder faisait mal aux yeux. Coral comprenait pourquoi il faisait une si forte impression sur les filles du magazine. Une sortie avec Raffa, comme le surnommaient ses intimes, propulsait n'importe quelle femme au septième ciel. Seulement, après lui, tout devait sembler un peu fade… Heureusement, il s'agissait d'un simple déjeuner professionnel.

Après lui avoir fait traverser la terrasse offrant un panorama sublime, il la conduisit vers un coin protégé par d'immenses oliviers en pots, ainsi qu'une profusion de fleurs aux couleurs chatoyantes. Là, une belle table recouverte d'une nappe en lin les attendait, ainsi qu'un luxueux buffet froid.

— C'est merveilleux, apprécia-t-elle. Quelle vue incomparable !

— Vous n'êtes pas encore complètement tirée d'affaire, rappela-t-il. Il va falloir me trouver mieux que des déesses façon années 1970.

Elle sourit et s'installa sur le siège qu'il lui tendait d'un geste galant.

— Si je comprends bien, répliqua-t-elle, vous n'êtes pas un fanatique du style *Drôles de dames*.

Un sourire sarcastique apparut sur les lèvres de son hôte.

— Vous voulez vraiment que je vous fasse visiter ma chambre des tortures ?

— Non, ce n'est pas ma tasse de thé, dit-elle en le regardant droit dans les yeux. Je préfère les accessoires d'un autre genre.

— Est-ce que vous flirtez avec moi, mademoiselle Dahl ?

Cette fois, le rouge lui monta aux joues.

— Moi ? Je ne sais pas flirter… Excusez-moi si je viens de franchir la ligne blanche.

L'arrivée d'un serveur qui remplit leurs verres d'eau pétillante la sauva provisoirement. Hélas, dès qu'il disparut, son compagnon reprit :

— Vous ne savez pas flirter, dites-vous ? J'ai du mal à vous croire.

— Eh bien, croyez ce qui vous plaira, trancha-t-elle, mal à l'aise. Pourtant, je ne suis pas assez stupide pour m'imaginer que ce serait une tactique pertinente dans cette situation.

— Bien vu, reconnut-il. Je dois néanmoins constater que cette journée est pleine de surprises : je ne pensais pas que vous iriez plus loin que le tarmac, et j'étais à mille lieues de supposer que nous déjeunerions ensemble.

— Puis-je vous demander ce qui vous a fait changer d'avis ?

Il bascula contre le dossier de son siège pour la considérer avec attention.

— Disons que… ce que j'ai pu voir me plaît assez.

Coral déglutit lentement. Ces mots firent naître une myriade de frissons dans sa nuque. Dissimulant son trouble, elle détourna les yeux.

— Ah, euh, vous pensez donc que j'ai du potentiel ?

Un sourire amusé apparut au coin de ses lèvres.

— Voilà. C'est ça. Et maintenant, revenons à la séance d'aujourd'hui. Tout à l'heure, nous irons voir Kyla. Naturellement, elle a ses idées. J'en rejetterai certaines. Vous aurez le feu vert à partir de ce que je validerai.

Coral hocha lentement la tête.

— C'est ce que vous faites toujours ? demanda-t-elle d'un ton faussement nonchalant. Vous *rejetez* ceci et vous *validez* cela ?

— La question est-elle vraiment utile ?

Il la dévisageait d'une façon… intense. Et il souriait. Le soleil éclairait son visage, mettant en valeur son bronzage parfait, la profondeur de son regard bleu.

— Vous êtes en train de flirter avec moi, monsieur Rossini ?

À son étonnement, il éclata de rire.

— Je ne suis pas assez subtil, c'est ça ? demanda-t-il.

Ces mots enflammèrent une nouvelle fois ses joues, mais elle s'astreignit au calme. Il fallait surmonter le tumulte de ses sens, ignorer les battements frénétiques de son cœur et la petite boule de feu qui embrasait son ventre.

— Disons plutôt que j'ai les pieds sur terre, opposa-t-elle avec prudence. Il me faut un peu plus qu'un déjeuner au paradis et une commande d'un magazine glamour pour perdre définitivement la tête.

Son hôte la dévisagea avec attention et haussa les sourcils.

— Est-ce un défi ?

— Pas du tout, assura-t-elle précipitamment. Je suis ici pour ma carrière. Je ne laisserai rien interférer avec mon travail.

Le visage indéchiffrable, il posa son verre et se contenta de répondre :

— Alors nous sommes sur la même longueur d'onde. Ne changez rien. J'espère seulement que vous êtes aussi douée que vous le prétendez.

Ils venaient de partir en direction de l'ancienne villa, et Raffa se sentait moins tendu qu'au matin. Il était possible — probable, non, mais *possible* — qu'après tout l'erreur de Mariella ne les conduise pas au désastre. Au départ, il avait été furieux contre elle, en apprenant qu'elle avait recruté une photographe débutante ! Si elle n'avait pas figuré au palmarès de ses collaborateurs les plus anciens, il n'aurait pas hésité à la renvoyer.

De plus, elle avait toujours le béguin pour lui, c'était évident, même s'ils avaient tout juste flirté des années auparavant. Il l'appréciait, mais ce stupide concours concernant un enjeu aussi crucial que les photos de Kyla prouvait qu'elle n'avait *rien* compris : on n'abordait pas l'ego démesuré de cette diva avec une telle nonchalance ! Une diva de pacotille qui, hélas, deviendrait bientôt un membre de la *famiglia*. Or, rien ne comptait davantage que la famille.

Si seulement Salvatore était resté maître de lui-même, après la mort de Giancarlo… Le pauvre homme venait à peine d'entamer son éternel repos, et il n'aurait pas apprécié de voir son fils partir ainsi en roue libre, s'autoriser n'importe quoi — se comporter en enfant gâté. Kyla n'était absolument pas faite pour devenir une Di Visconti. Elle incarnait tout ce que Giancarlo détestait : c'était une écervelée superficielle et impudique, avec son empressement à lâcher sur Internet le moindre de ses faits et gestes. Elle ne savait rien faire d'autre que se maquiller et se prendre elle-même en photo du matin au soir.

Les femmes de cette espèce renforçaient sa propre détermination à ne jamais se faire piéger par le mariage ! Oh non, il n'était pas disposé à commettre une telle bévue, et encore moins avec une chasseuse de portefeuilles. De toute façon, il n'avait pas une seconde à consacrer à ses loisirs ces temps-ci. Car non seulement il veillait sur son groupe, Romano Publishing, mais il devait encore superviser la gestion de l'empire Di Visconti jusqu'à ce que Salvatore soit prêt à le diriger lui-même.

— Oh ! comme c'est beau ! Je peux ?

Il s'extirpa de ses pensées et releva les yeux vers la jeune femme qui venait de sortir un appareil de son sac. Sur le petit chemin côtier menant à l'ancienne villa, le panorama sur la mer était splendide.

— Si je vivais ici, je serais incapable de travailler ! s'exclama-t-elle. C'est spectaculaire ! On peut passer toute sa vie à admirer de telles splendeurs.

Il la regarda prendre plusieurs clichés. Son enthousiasme semblait croître à chaque seconde.

— J'imagine que, même après des années, on ne peut pas s'en lasser, murmura-t-elle d'un air absent, absorbée par le paysage.

Raffaele la contempla avec attention. Il lui arrivait rarement de croiser des gens aussi… aussi spontanés. Cette jeune femme était extraordinairement rafraîchissante. Elle vibrait et rayonnait d'une façon qui remuait quelque chose en lui. Il n'aurait pas su dire pourquoi, mais elle réveillait aussi son instinct carnassier : depuis quelques heures, il éprouvait régulièrement la furieuse envie de faire sauter tous les petits boutons perlés de sa robe pour découvrir la poitrine généreuse qu'il devinait sous le corsage, ainsi que la rondeur de ses hanches, terriblement féminine. Il avait envie de caresser ses jolis bras, de connaître la saveur de sa peau, et de…

— Vous ne trouvez pas que c'est tout simplement merveilleux ? interrogea-t-elle soudain, les yeux brillants d'excitation.

Des yeux d'un vert amande, gourmands, où brillaient mille éclats dorés. Il hocha la tête.

— Si. Absolument.

Comme elle se tournait vers le zénith, il étudia sa silhouette gracieuse. Dès l'instant où il l'avait vue, il avait eu l'impression que son visage lui rappelait quelqu'un. Mais qui ? Ou était-ce juste sa tenue ? Ses formes exquises ? Elle était aussi pulpeuse et appétissante que… Sophia Loren à ses débuts ?

— Vous devez remercier le ciel tous les matins, d'avoir la chance de vivre dans un endroit pareil, reprit-elle.

— Toute la journée, confirma-t-il distraitement.

— Quelle chance d'avoir cette île pour résidence !

— Une partie de l'année seulement, nuança-t-il. J'habite aussi à Londres et à Rome. Mais cette retraite familiale reste ma favorite.

— Je vous comprends ! C'est comme des vacances au paradis…

— *Avanti*, interrompit-il. Vous aurez tout loisir de continuer à photographier le paysage plus tard.

— Attendez… Ce n'est pas Salvatore, qui arrive là-bas ?

De l'index, elle désigna une vedette qui venait d'accoster en contrebas, dans la baie. C'était avec celle-ci que Salvatore rejoignait l'île depuis son yacht, le Silver Spirit.

— En effet, approuva-t-il, c'est bien lui. Il doit avoir envie d'accueillir l'équipe. Raison de plus pour presser le pas, Coral.

Comme ils reprenaient leur chemin, Raffa se demanda une nouvelle fois *qui* elle lui rappelait. Pour une Anglaise, elle avait la peau bien mate. Et quelque chose d'italien dans les yeux. Avec sa chevelure d'un châtain profond, sa bouche incroyablement sensuelle, elle évoquait… Qui ? Bon sang, il avait beau convoquer les noms des plus belles actrices du passé et d'aujourd'hui, il ne parvenait décidément pas à mettre le doigt dessus.

— Difficile de résister, lança-t-elle. Ce n'est pas tous les jours qu'on arpente la côte de l'île Hydros ! Ici, c'est une troisième adresse pour Salvatore également ?

— Plutôt une cinquième. Mais plus pour longtemps,

car je doute fort que Kyla ait envie de séjourner souvent ici. Ils préfèrent Sydney. C'est chez elle.

La jeune femme le considéra d'un œil soupçonneux.

— Vous ne l'aimez pas beaucoup, n'est-ce pas ? Kyla. J'ai la nette impression qu'elle ne vous plaît guère.

Ils venaient de parvenir devant le porche de la villa, et lorsqu'il pila net, elle manqua lui tomber dessus.

— Oh ! désolée !

Pour reculer, elle s'appuya une fraction de seconde contre son torse. Par réflexe, Raffa lui prit le bras pour lui permettre de retrouver l'équilibre, et il fut frappé par la douceur suave de sa peau plus fine que…

Non. *Pas maintenant.* Il fallait qu'il se ressaisisse. Il la lâcha immédiatement.

— Bon, avant d'entrer, je vous donne la règle d'or.

— Naturellement, oui, dit-elle en levant vers lui un regard grave.

Un regard sérieux. Celui de quelqu'un de concentré sur son travail. Il était tellement habitué à être entouré de gens qui cherchaient à faire bonne impression, se montraient nerveux, coquets, maniérés… Et elle n'était rien de tout cela.

— À partir de maintenant, reprit-il, vous ne poserez plus que des questions d'ordre professionnel, et vous garderez vos opinions personnelles pour vous. Ce que je pense de Kyla ou de n'importe qui d'autre ne regarde que moi et ne doit jamais interférer avec ce que vous avez à faire. *Capisce* ?

Elle hocha la tête.

— *Si. Capisco.*

— *Parli italiano* ? s'étonna-t-il.

— Non. J'ai juste appris un ou deux mots par-ci, par-là, dans des films.

— Bon, dit-il après l’avoir encore longuement dévisagée. Vous allez faire la connaissance de Salvatore et de Kyla. Vous soumettrez vos idées, vous en discuterez avec l’équipe, et c’est moi qui donnerai la décision finale.

— Peut-être, mais Mariella a *déjà* décidé que la séance aurait lieu sur la terrasse.

Décontenancé, il recula d’un pas.

— Quoi ? Comment cela ?

Elle haussa les épaules.

— Oui, c’est ce que Mariella a choisi.

— Mais vous… Nous avons passé *plus d’une heure* à en parler, et vous ne me l’avez jamais dit ! Pourquoi ?

— Parce que vous étiez trop occupé à me chercher des poux dans la tonsure, rappela-t-elle d’un ton accusateur.

Bon sang, quel personnage insupportable ! Personne n’osait jamais lui répondre ainsi ! Et cette péronnelle le défiait tranquillement, *effrontément* ! En tout cas, il devenait de plus en plus clair qu’il n’avait pas croisé de jeune femme plus séduisante depuis des lustres.

— Vous êtes toujours comme ça : aussi pénible ? interrogea-t-il.

— Si vous voulez dire « honnête », alors oui, en effet, répliqua-t-elle. Et ce n’est pas moi qui ai eu cette idée de terrasse.

Raffaele poussa un profond soupir. Puis il leva les yeux vers la majestueuse façade de la villa. La demeure ancestrale des Di Visconti, un joyau secret tenu loin de la curiosité du monde, allait être livrée aux regards.

Tout cela pour satisfaire la vanité de Kyla.

# 4.

Sous le soleil de ce début d'après-midi, ils traversèrent l'aveuglante esplanade au sol de marbre blanc qui menait aux appartements personnels de Salvatore. Raffaele sentit son cœur se tordre. Combien de fois avait-il joué ici, enfant ? Il se remémora le tranchant de la pierre sur ses genoux écorchés, le rire moqueur de Salvatore, les bras protecteurs de la gouvernante. Le besoin de trouver une consolation qui ne viendrait jamais… non, jamais, puisque sa propre mère n'avait pas su l'aimer.

Et aujourd'hui, son cœur était devenu aussi froid et dur que ce marbre.

Entre agacement et tristesse, il fit pénétrer Coral dans la partie de l'ancienne villa déjà transformée par Kyla. Les grands panneaux signés des maîtres du XVIIIe siècle avaient disparu, de même que les plus belles pièces de mobilier — des trésors que, dès l'âge de huit ans, à son entrée dans cette maison, il avait appris à respecter, à vénérer. Les murs étaient maintenant ornés de portraits de mannequins en noir et blanc.

Avec un soupir, il se dirigea vers la terrasse d'où provenaient des voix. De toute évidence, Mariella avait déjà tout fait installer. Son malaise augmenta lorsqu'il entendit le ton autoritaire de Salvatore.

Depuis la mort de Giancarlo, leur relation devenait de

plus en plus difficile, et leurs querelles au sujet du testament n'arrangeaient rien. Salvatore avait été profondément choqué en découvrant que son père transmettait la direction des croisières Argento à son frère adoptif et non à lui.

En toute honnêteté, Raffaele se serait volontiers passé de cette charge mais, par fidélité à Giancarlo, il entendait faire de son mieux pour confier les rênes de l'entreprise à Salvatore au moment où celui-ci serait prêt.

— Mes chéris ! La voici ! Enfin, notre photographe !

Dans la véranda où les tapisseries de style Art déco avaient fait place à des draperies accrochées aux murs, ils trouvèrent une bonne partie de l'équipe en pleine activité. La section habillage avait disposé trois énormes portants à roulettes, des escarpins et sandales de luxe s'alignaient sur trois mètres, et de tous côtés, on installait les projecteurs, on arrangeait le décor avec de fausses colonnes et des couronnes de fleurs.

Au milieu de ce cirque se tenait, triomphante, Kyla.

— Raffa ! Je ne suis pas contente ! Tu as gardé cet ange rien que pour toi !

La mâchoire serrée, il se força à sourire et regarda venir vers lui cette créature aux lèvres refaites et aux cils artificiels. Il était évident qu'il lui plaisait, et elle faisait tout pour le lui faire comprendre, y compris en présence de Salvatore !

C'en était déjà trop pour lui. Il fallait que cette mascarade cesse au plus vite.

— Il faudra nous en tenir à ce qui a été décidé, Kyla, déclara-t-il froidement. Je constate que tu as opéré des aménagements dans la décoration… J'ose espérer qu'ils sont provisoires.

La douche froide parut la heurter, mais c'était le cadet de ses soucis. Cette fille portait au doigt un diamant de quatre carats et, dans moins d'une semaine, elle serait copropriétaire de la villa où il avait grandi : de quoi panser toutes les blessures.

Soudain, il sentit une main délicate se poser sur la sienne, et une voix murmurer à son oreille :

— Je ne demande qu'à ouvrir le bal, maintenant. D'après ce que je vois, il y a tout ce qu'il faut pour faire du bon travail, et je vous garantis que tout le monde sera satisfait.

Raffaele baissa les yeux sur le visage à peine maquillé de Coral. Une fois encore, il fut frappé par sa grâce. Et la douceur de ses paroles lui donnait inexplicablement envie de lui faire confiance. Pourtant…

— Je *sais* ce que vous voulez, insista-t-elle, comme si elle devinait ses appréhensions. La signature de votre famille, c'est l'élégance intemporelle.

Elle lui fit signe de la suivre, à l'écart des autres, et enchaîna très bas :

— Kyla dégage quelque chose de vulgaire. Vous voulez que je casse cette image. En découvrant ce reportage dans *Heavenly*, les lectrices doivent trouver une Kyla intégrée jusqu'au bout des ongles dans l'imagerie classique de la *famiglia* Di Visconti. Une illusion.

Ce dernier mot lui fit hausser les sourcils.

— Les Di Visconti ne sont pas une illusion. C'est une famille bien réelle et une marque présente dans le monde entier.

— Oui, acquiesça-t-elle. Et synonyme de raffinement. Un luxe et une classe éternels, intégrés à un mouvement classique, indémodable. Je comprends vos attentes, Raffaele. Votre public les partage. Les lectrices du magazine veulent entrevoir le conte de fées. Elles espèrent de la beauté, du style, un chic aristocratique. Et c'est ce que je vais vous fournir.

Estomaqué, Raffaele soutint le regard de la jeune femme. Il n'aurait pas su mieux définir ce qu'il attendait.

— Oui, je pense que vous allez réussir, confirma-t-il.

— C'est certain, *signor*, affirma-t-elle.

Il ne put s'empêcher de sourire. Puis, il alla se poster discrètement dans un coin du plateau et la regarda faire.

Elle commença par aller embrasser Kyla comme s'il s'agissait d'une vieille amie qu'elle aurait perdue depuis des années. Puis elle donna en souriant quelques indications à Mariella. Confiante, sûre d'elle, elle évoluait parmi l'équipe avec une aisance époustouflante.

Cette chevelure de miel foncé… Ces courbes…

Oui, en fin de compte, peut-être que tout se passerait bien.

Patiemment, il garda l'œil sur les allées et venues des maquilleuses, des accessoiristes et des techniciens. Ce n'était pas à lui d'être là et d'assumer cette tâche. Salvatore aurait dû se débrouiller, veiller lui-même à ce que tous les préparatifs de ses noces soient en harmonie avec l'image du groupe. Hélas, il avait pris un engagement…

Pourtant, il n'avait pas besoin de l'argent d'Argento Croisières. Romano Publishing lui rapportait bien assez. En fait, Giancarlo avait anticipé la faiblesse de son fils : il se doutait que Salvatore ne saurait pas gérer un capital se chiffrant en dizaines de millions. Le testament était verrouillé, et Raffaele tenu de superviser l'empire Di Visconti afin de lui maintenir son rang et sa puissance. Sur le plan légal, il était lié pour trois ans. Et moralement… à vie ? Combien de temps supporterait-il encore de jouer les baby-sitters ? Il n'allait tout de même pas surveiller chaque mouvement de Kyla. Il faudrait bien qu'à un moment donné Salvatore soit libre de gérer tout seul son patrimoine comme sa vie privée, et qu'il assume les conséquences de ses actes.

Il jeta un coup d'œil vers les préparatifs dans la véranda. L'exquise Coral était en train d'examiner les vêtements sur les portants, entourée de Kyla et de Mariella. L'instant d'après, elle positionnait les spots ou vérifiait le décor avec le directeur artistique. Elle menait son affaire d'une main de maître.

— Tout va bien ? s'enquit-il au moment où elle s'éloignait un peu du groupe pour s'avancer vers lui.

— Oui, je crois, répondit-elle d'un ton enthousiaste.

D'un geste discret, il l'invita à le suivre. Au bout de la terrasse, un petit escalier menait à un petit jardin protégé.

— C'est ravissant, observa-t-elle sans même jeter un regard autour d'elle.

Il était évident qu'elle piaffait d'impatience de commencer la séance. Les yeux brillants, elle enchaîna :

— Il faut que j'y retourne. Les autres vont se demander où je suis passée, mais je tiens à ce que vous sachiez que j'ai trouvé la bonne direction avec Kyla !

— Vraiment ?

— Oui, car vous aviez raison, soupira-t-elle. Elle avait en tête des idées un peu… triviales. J'ai essayé de briser la glace en lui parlant des portraits de top-modèles qu'elle a accrochés : le noir et blanc, une certaine conception de la beauté dans les années 1990. De fil en aiguille, je l'ai convaincue d'opter pour l'univers de l'éternel féminin. Elle est emballée !

En prononçant ces derniers mots, la jeune femme se mit à sautiller sur elle-même. Tout son corps exprimait la joie, l'excitation.

— Et l'équipe est formidable, renchérit-elle. C'est extraordinaire de voir tous ces gens évoluer avec un tel savoir-faire. Je vais apprendre beaucoup de choses.

Vous ne pouvez pas imaginer à quel point je vous suis reconnaissante.

Raffaele ne pouvait détacher son regard de ces grands yeux verts où brillait une joie innocente, candide.

— Bon, reprit-elle avec vivacité, j'y retourne. Qu'il fait chaud !

Ce disant, elle souleva ses cheveux pour les attacher en chignon. Grâce à son mouvement, il vit sa poitrine pointer dans l'entrebâillement du corsage de sa robe. Immédiatement, il sentit son corps réagir au-dessous de la ceinture.

— Venez ici, ordonna-t-il d'un ton rauque en posant une main autour de sa taille pour l'attirer plus près.

Puis, il posa son index sous le menton de la jeune femme pour la contraindre à lever les yeux vers lui. Il fixa alors son visage, scrutant chaque détail.

— Je ne comprends pas, souffla-t-il. Qu'est-ce que vous avez donc de si particulier ? Impossible de vous quitter du regard. Il y a quelque chose de si familier dans vos traits... Est-ce que nous nous étions déjà rencontrés ?

Il plissa les yeux. Elle avait peut-être alors les cheveux plus courts ? D'une autre teinte ? Portait-elle un tailleur sophistiqué, ou une blouse de serveuse ? En tout cas, il était certain qu'elle lui rappelait quelqu'un.

— Non, désolée. Je ne crois pas, lâcha-t-elle soudain en reculant d'un pas.

Elle se dégagea avec la rapidité d'un animal sauvage, et il ne put s'empêcher de rire.

— Vous auriez pu l'oublier ? demanda-t-il, amusé.

— Je... Probablement pas. Peut-être. Je ne sais pas.

Pour la première fois depuis qu'il l'avait rencontrée, il la vit détourner les yeux avec gêne. Jouait-elle ? Ou bien était-elle, au contraire, d'un naturel rare ? Quoi qu'il en soit, elle exerçait sur lui une attirance de plus en plus forte.

— Regardez-moi, intima-t-il.

Lentement, elle releva la tête. À peine son regard eut-il rencontré le sien qu'elle se déroba encore.

— Qu'est-ce qui ne va pas ? interrogea-t-il.

— Rien. Mais ça vous ennuie si je retourne auprès de l'équipe ? Je tiens enfin ma chance de réussir cette séance et je ne veux pas la rater.

Il remit son doigt sous son menton.

— Ce n'est pas une comédie, n'est-ce pas ? demanda-t-il avec douceur. Vous préférez réellement vous replonger dans ce cirque que flirter avec moi ?

— Monsieur Rossini, je…

— *Raffa*, s'il vous plaît.

— Raffa, je… Mon avenir, c'est la photographie. Pas le flirt.

Cette fois, il ne put réprimer un éclat de rire, long et franc. Un rire si spontané qu'il en fut lui-même surpris.

— Oh ! pourtant, je vous assure que vous avez une très belle carrière qui vous attend dans le flirt, assura-t-il.

Elle sourit aussi.

Et ce sourire acheva de le convaincre. Il voulait cette femme. Tout de suite. Arrimant son regard au sien, il avança vers elle d'un pas mâle et séducteur.

— Vous êtes si belle…

— Je… Je suis désolée, balbutia-t-elle en bondissant en arrière, mais je tiens vraiment à faire bonne impression à tout le monde. C'est très important pour moi. Si je parviens à tisser des liens, je réussirai peut-être à rencontrer d'autres personnes susceptibles de me passer de nouvelles commandes… C'est une occasion de voir des portes s'ouvrir. Et puis je ne voudrais surtout pas qu'on s'imagine que j'ai obtenu ce job en passant par la case canapé.

En dépit de sa frustration, Raffaele l'écouta attentivement. Elle était sincère.

— Personne n'osera vous poser de questions, assura-t-il. Vous étiez en entretien avec moi. Et je n'ai de comptes à rendre à personne.

Au lieu de la rassurer, ces paroles parurent l'angoisser davantage.

— Vous ne comprenez pas, geignit-elle. Je veux réussir cette mission plus que n'importe quoi d'autre dans la vie ! Ma mère s'est saignée aux quatre veines, elle a dû mendier pour que je suive des études supérieures, et il est hors de question que je mette en péril cette chance unique.

— Rien n'est en péril. Mariella est connue dans toute la profession pour être très difficile, et vous avez réussi à la conquérir uniquement grâce à votre talent. Moi aussi, vous m'avez convaincu, malgré de très sérieuses réserves. C'est un fait. Et il se trouve qu'il y a entre nous une alchimie très puissante. Vous ne pouvez pas le nier. Je ne vois pas en quoi cela peut vous poser un problème.

Elle hocha nerveusement la tête.

— Je ne nie pas que je suis flattée, très flattée, mais…

— Mais quoi ?

Sans répondre, elle détourna les yeux et parut au comble du malaise.

C'était assez. Il tira son téléphone de sa poche et consulta l'écran d'accueil.

— *Va bene*, soupira-t-il. J'ai des affaires urgentes à régler. Bon courage.

Sur ces mots, il tourna les talons.

— Ces séries posées sont tout simplement incroyables. Et Kyla est enchantée. Bravo, c'était une idée de génie, commenta Mariella.

Le soulagement de Coral était intense. La rédactrice en chef s'était montrée glaciale tout l'après-midi, et c'était la première fois qu'elle lâchait un compliment. Retenant son souffle pendant que Mariella découvrait la dernière session avec la fiancée en robe longue, elle eut envie d'exprimer sa sincère gratitude.

— La journée entière a été comme un rêve devenu réalité, avoua-t-elle avec émotion. Tout le monde a été si gentil avec moi... Travailler avec les meilleurs dans le métier, c'est formidable. J'ai déjà appris des dizaines de choses aujourd'hui.

— Je n'en doute pas. Il nous manque encore la validation de Raffaele, puis nous pourrons respirer un bon coup.

Le ton pincé était plus qu'éloquent. Coral détourna les yeux. Tout l'après-midi, les gens avaient échangé des regards entendus, même si personne n'avait osé remarquer à haute voix qu'elle s'était retrouvée *très longuement* en tête à tête avec le patron.

— Vous, en tout cas, vous avez eu de la chance qu'il vous accorde une telle confiance.

— C'est vrai, admit-elle.

— Et j'admire la façon dont vous l'avez fait changer d'avis. Avec tant de facilité...

Coral se mordit la lèvre. Elle s'attendait à cette perfidie depuis un moment.

— En effet, j'en ai moi-même été étonnée, acquiesça-t-elle. Je crois qu'il a eu le sentiment que j'avais bien compris ses attentes quand je lui ai formulé ma façon d'envisager la séance. Et je vous dois toute ma gratitude pour m'avoir donné ma chance.

Le visage fermé, Mariella se tourna vers elle et demanda :

— Vous savez que nous avons vécu quelque chose, Raffa et moi ?

— Non. Je l'ignorais.

Le malaise qui l'envahissait devenait intolérable. Seigneur, comment se tirer de ce mauvais pas ?

— Mon ange, ça peut paraître astucieux de porter des vêtements élimés tout droit sortis d'une friperie pour se faire repérer, mais une fille qui a recours à ce genre d'artifices ne trompe personne. Sincèrement, vous imaginez que vous allez mettre le grappin sur Raffaele Rossini ? Laissez-moi vous éclairer. Vous êtes un passe-temps entre deux lectures d'e-mails, et il a toute une salle d'attente remplie de petites intrigantes comme vous, prêtes à trotter dès qu'il claque des doigts. Croyez-en mon expérience : personne n'a jamais atteint le succès par cette voie.

— J'ignore ce que vous croyez savoir, Mariella, mais je peux vous assurer que je suis ici pour une seule raison : me faire un nom dans le métier.

— Alors ne vous inquiétez surtout pas, mon ange : vous avez parfaitement réussi, conclut la rédactrice en souriant, avant de secouer la tête avec lassitude, comme elle disparaissait vers les vestiaires.

Livide, Coral demeura interdite. La réplique l'avait cinglée comme une gifle. Mais au fond, sa patronne avait raison. Est-ce que Raffaele Rossini viendrait lui proposer de sortir ou lui offrir des fleurs quand elle serait de retour à Londres ? Bien sûr que non. Cette île était une parenthèse. Un lieu de fantasmes sans avenir.

Dieu merci, elle avait trouvé la force de lui résister, tout à l'heure, quand il avait paru sur le point de l'attirer dans ses bras. Il lui avait fallu puiser du courage et de la détermination dans des réserves inconnues pour fuir ce baiser qu'elle désirait si ardemment, pour juguler son propre désir de sentir sur elle ses lèvres, sa peau, sa chaleur… Oh ! bon sang, chaque fois qu'il l'avait effleurée, elle avait eu le vertige. Et dès qu'il arrimait son intense regard bleu au sien, elle avait le sentiment de sombrer dans les abysses.

Mais elle n'était *pas là pour ça*, lui rappela la voix de la raison. Il fallait qu'elle se concentre exclusivement sur sa carrière, et si jamais elle faisait tout rater à cause de…

— Mademoiselle Dahl ?

Levant les yeux de l'ordinateur portable où étaient stockées les photos, elle trouva en face d'elle un jeune homme vêtu de noir.

— Oui ?

— Monsieur Rossini souhaite que vous le rejoigniez pour un entretien chez lui, dans sa villa.

— Mais c'est que… Je n'ai pas tout à fait terminé. Et puis mes affaires sont…

— L'entretien doit commencer maintenant.

Coral jeta un regard autour d'elle. Mariella avait disparu, de même que tous les membres de l'équipe. Les vêtements avaient été remballés et évacués. Il ne restait qu'un stagiaire occupé à ranger la véranda.

— C'est vraiment important ? soupira-t-elle.

Le jeune homme lui répondit par un regard incrédule avant de froncer les sourcils.

— Veuillez me suivre, s'il vous plaît, ordonna-t-il.

# 5.

— Ah, merci d'être venue, déclara Raffaele en invitant Coral à le rejoindre sur la somptueuse terrasse où ils avaient déjeuné.

Des chandeliers étaient déjà allumés et disposés partout. Avec l'approche du coucher du soleil, une lumière chaude inondait l'atmosphère, et le parfum des orangers embaumait l'air. Au loin, le miroitement délicat de la piscine ajoutait au romantisme de la scène.

— Il m'a paru important de terminer notre conversation, enchaîna-t-il en souriant. Mariella vient de partir, et elle est satisfaite de votre travail. Vous avez du potentiel, comme vous dites.

— Merci, répondit Coral qui ne parvenait pas à détacher son regard de son hôte.

Il portait toujours le même pantalon mais avait ôté sa veste. Son T-shirt noir soulignait sa carrure et mettait en valeur ses larges épaules, ses biceps, ses pectoraux et son ventre plat. Son charisme était si puissant, si…

Soudain, elle s'aperçut qu'elle était prise en flagrant délit et rougit jusqu'aux oreilles.

— Euh, oui, marmonna-t-elle maladroitement, je crois que tout le monde était content. Surtout Kyla. Elle a beaucoup apprécié de se voir sous un angle plus exigeant. Si vous êtes satisfait, vous aussi, c'est formidable.

— Je suis très satisfait, je vous le confirme.

Un silence suivit. Elle sentit des papillons voleter dans son estomac tandis qu'une étrange faiblesse s'emparait de ses membres. Si seulement il l'invitait à s'asseoir ! Mais ils restaient debout… L'un face à l'autre.

— Oui, très satisfait, répéta-t-il.

— Merci, cela m'emplit de fierté, murmura-t-elle.

Son cœur s'était mis à battre à coups lourds. Seigneur, ce regard…

— Mais c'est normal. Vous pouvez être fière, dit-il d'une voix à peine audible en approchant tout près d'elle.

Coral ne savait comment lutter contre ce trouble qui faisait monter sa température et menaçait de lui faire perdre la tête. Allait-il l'embrasser ? Comment se dérober, cette fois ? Elle ne savait même plus comment respirer. Ni comment penser. Elle n'était que sensations…

— Vous pourriez en profiter un peu lors de la fête, ajouta-t-il d'un ton léger.

Si léger qu'il lui fit l'effet d'une douche froide. Non, il n'allait pas l'embrasser. Il se contentait de bavarder tranquillement. Quelle folie la traversait ? Il fallait qu'elle se reprenne, *et tout de suite.*

— Quelle fête ? demanda-t-elle d'une voix étranglée.

— La journée a été bonne. Kyla semble même prête à revoir ses standards esthétiques à la hausse. Vous avez réussi à la rendre élégante, Mariella et l'équipe ont fait un excellent travail… Bien sûr, ce soir, il y a une fête. Ils sont tous en train de se préparer. Les logements des invités se trouvent à l'arrière de l'ancienne villa. Vous devriez y trouver un coin tranquille pour vous changer. J'attends Salvatore mais ensuite je rejoindrai toute la troupe.

— Ah… Vous croyez qu'il aimera les photos de sa fiancée, lui aussi ? interrogea-t-elle.

Il sourit.

— C'est ce qui vous préoccupe, n'est-ce pas ? Et vous aimeriez savoir s'il est possible que vous obteniez un nouveau contrat ?

— Eh bien… oui, avoua-t-elle.

Il hocha la tête, compréhensif.

— C'est possible. D'après Mariella, vous pourriez vous charger de la séance avec le couple de fiancés. Kyla lui en a touché un mot. Si vous venez à la soirée, vous aurez l'occasion d'en discuter.

Coral sentit son cœur se mettre à battre à coups redoublés. Elle porta ses mains à ses joues.

— Oh mon Dieu ! C'est… c'est incroyable. Oh ! jamais je ne pourrai assez vous remercier.

En même temps… Non, ce rêve-là ne serait pas possible à réaliser. Elle voyait déjà la scène : tous ces professionnels de la mode arborant les plus beaux vêtements des dernières collections, une coupe de champagne à la main, tout en évoquant les coulisses de cet univers qu'ils connaissaient par cœur… Impossible pour elle de se fondre dans la masse.

— C'est-à-dire que, euh… Je regrette de ne pas l'avoir su avant de venir, expliqua-t-elle. Je croyais rentrer en Angleterre en fin de journée, et je n'ai pas prévu ce qu'il faut pour participer à une soirée.

— Oh ! la tenue n'est jamais un problème là où on fait des photos de mode, assura-t-il. Tout le monde se sert dans les réserves.

— Je ne peux pas porter ces vêtements ! s'exclama-t-elle. Je, euh… Je n'ai pas une taille mannequin.

Il haussa les épaules.

— J'ai des pièces entières remplies de vêtements de

couturiers laissés par les équipes des magazines… Je vous ferai porter une tenue.

Seigneur, était-il aveugle ? Elle avait toujours eu une silhouette pulpeuse, et jamais elle ne ferait entrer sa poitrine dans un 36.

— C'est très aimable à vous, mais je ne suis pas facile à habiller, objecta-t-elle.

Il haussa les sourcils, comme s'il ne voyait pas où était le problème.

— Pourquoi ?

— Eh bien… Parce que. Disons que j'ai mon style.

Imperturbable, il fit quelques pas vers elle et répondit :

— Vous êtes d'une beauté éblouissante. Et votre corps me rend fou de curiosité.

Un brasier s'alluma en elle, et elle sentit ses tétons durcir et tendre le corsage de sa robe.

— J'ai un très bon œil, susurra-t-il. Ainsi qu'une certaine expérience des habillages professionnels et des défilés. Il me serait tout aussi facile de vous vêtir que de vous dévêtir…

Il avança encore et murmura :

— Laissez-moi vous embrasser.

De toutes ses forces, elle aurait voulu pouvoir ignorer la perfection de son visage aux traits virils, sa bouche sensuelle, son regard de braise. Les effluves de son parfum l'ensorcelaient. La chaleur que dégageait son corps la faisait chanceler. Ce charisme et cette masculinité allaient l'emporter.

— Raffaele, s'il vous plaît… Les gens vont parler, et…

— Personne ne peut empêcher les gens de raconter n'importe quoi. Ce n'est pas en votre pouvoir, et vous devriez vous en moquer comme d'une guigne.

— Mais c'est important si cela risque de mettre à mal ma carrière…

— Vous allez avoir une belle carrière, Coral. Le fait que vous échangiez un baiser avec moi, avec un autre ou avec personne n'y changera rien.

Hypnotisée, elle fixait ses lèvres pleines et ourlées, admirait la perfection latine de son menton, de son long nez droit, de son front… La texture soyeuse de cette chevelure qu'elle rêvait de caresser.

— Peut-être, admit-elle. Mais j'ai pris l'habitude d'éviter les situations dangereuses.

Lentement, il hocha la tête en signe de lassitude.

— Vous serez bien mieux armée le jour où vous saurez distinguer les hommes vraiment dangereux de ceux qui ne vous veulent que du bien.

Elle ne savait plus où elle en était. Son corps lui infligeait un élan tyrannique, en contradiction avec ce que lui dictait son instinct.

— Alors pourquoi ai-je l'impression d'être en danger ? demanda-t-elle d'une voix éraillée.

— Je n'ai rien d'autre à gagner en vous embrassant que la délectation de ce geste, observa-t-il. Il me semble que cela devrait vous suffire à juger en votre âme et conscience. Coral, je ne suis pas là pour vous manipuler, ni pour vous faire miroiter un nouveau contrat ou pour vous recruter. Je veux seulement vous donner du plaisir. Rien d'autre.

Il prit sa main dans la sienne, et elle sentit une onde électrisante la traverser.

— Pourquoi vous priver de ce dont vous avez envie ? insista-t-il.

— Je ne sais plus ce que je veux…

— Mais vous avez envie de m'embrasser. N'est-ce pas ?

Il approcha encore et elle frémit. Ses cheveux effleuraient

son front. Son sang pulsait à ses tempes, ses oreilles bourdonnaient.

— Embrassez-moi, chuchota-t-elle avant de fermer les yeux.

Durant une seconde qui lui parut une éternité, elle resta immobile, le cœur battant sur un rythme effréné, tous les sens en alerte. Dès qu'il posa ses lèvres sur les siennes, une douce chaleur l'inonda. Le contact de sa peau était si érotique qu'elle en avait la tête qui tournait. Peu à peu, sa bouche se fit plus gourmande. N'y tenant plus, affamée de ses caresses, elle s'accrocha à son cou et se plaqua contre lui, l'invitant à enrouler sa langue autour de la sienne et à approfondir encore et encore ce baiser enfiévré. Sa fièvre augmentait à chaque seconde et elle avait l'impression d'être embrassée pour la première fois, tant cette expérience était intense, incandescente.

Soudain, les chiens aboyèrent et, au loin, la porte d'entrée claqua.

Coral manqua pousser un cri et fit un bond en arrière.

— Ah, Salvatore, te voici, lança Raffaele.

Le nouveau venu les rejoignit sur la terrasse et s'immobilisa à quelque distance.

— Je te présente Coral. C'est l'exquise jeune fille qui a photographié ta fiancée tout l'après-midi.

Coral serra son sac contre elle et afficha un sourire gêné. Salvatore ne ressemblait en rien à son frère d'adoption. Il était plus petit, plus brun, il portait une barbe de cinq jours et la considérait d'un regard plus que suspicieux.

— Bonsoir, dit-elle. Ravie de vous rencontrer.

Ignorant la main qu'elle lui tendait, l'héritier Di Visconti se tourna vers Raffaele et déclara :

— J'ai besoin de te parler. En privé.

Son hôte accueillit cette demande avec un froncement de sourcils, mais hocha la tête.

— Veuillez m'excuser, Coral. Je ne doute pas que vous puissiez faire plus ample connaissance avec Salvatore ce soir. Et nous aurons sans doute l'occasion de poursuivre notre discussion, si vous le voulez bien ? Antonio, le garçon qui est venu vous chercher, va vous conduire au pavillon des invités de ma villa. Vous pourrez vous y rafraîchir, et je n'oublierai pas de vous faire porter une tenue dès que possible.

Elle allait partir quand il lui prit le bras avant de l'attirer vers lui et de poser fermement un baiser sur sa bouche.

Sidérée, elle resta un instant chancelante avant de tourner les talons.

Elle était installée dans une sorte de studio indépendant, situé dans un bâtiment adjacent à la villa de Raffaele. Cette partie du domaine était proche de l'ancestrale demeure des Di Visconti et de l'aile où séjournaient les autres membres de l'équipe. Il suffisait d'emprunter un petit chemin sur la côte pour rejoindre les jardins, où avait lieu la réception.

Coral ferma la porte derrière elle. Un frisson d'excitation la parcourut. Avec précaution, elle mit un pied devant l'autre, redoutant d'abîmer ses petits escarpins satinés. Mais la brise du soir glissait sur ses épaules nues, et elle pressa l'allure.

Raffaele n'avait pas menti. Il se révélait très fin connaisseur de la mode, et son œil expérimenté avait accompli des merveilles : la robe qu'il lui avait fait porter était parfaite. C'était même à croire qu'elle avait été créée pour elle. Jamais Coral n'aurait choisi ce modèle de soie bicolore, rose et orangé, et pourtant, c'était exactement ce qui flattait sa ligne, resserrant sa taille, galbant élégamment sa poitrine, dissimulant ses hanches, donnant l'impression que ses jambes étaient interminables. Les couleurs faisaient ressortir le vert de ses yeux et donnaient un éclat doré à ses cheveux. Magique ! Il y avait aussi un collier et deux bracelets assortis, en or serti de petits rubis. Porter de telles splendeurs était une expérience merveilleuse. Aucune fée ni bonne marraine n'aurait mieux choisi.

Dans le miroir, elle s'était trouvée radieuse, et son humeur était à l'avenant. Il y avait maintenant onze heures qu'elle avait atterri sur cette île, et elle avait du mal à croire qu'il ait pu se passer tant de choses ! Le contrat, l'idée de séance qui avait séduit Kyla, les clichés à la hauteur de ses attentes, mais plus que tout… le fait d'avoir su convaincre Raffaele Rossini qu'elle pouvait réussir. C'était la première fois qu'elle rencontrait un homme de cette trempe. Si énigmatique, si impressionnant. Et aussi insondable que le bassin d'Aphrodite.

En début de soirée, elle avait profité d'être seule pour effectuer quelques recherches sur Internet. Les informations essentielles se trouvaient facilement. De notoriété publique, il était le fils de l'actrice Lila Rossini, tragiquement disparue dans un accident alors que sa carrière s'envolait. L'orphelin avait été recueilli puis adopté par Giancarlo Di Visconti, ce qui pouvait paraître une fin heureuse, mais comment un enfant se remettait-il de la mort de ses parents ? Elle était bien placée pour savoir que les apparences étaient trompeuses.

Personne ne pouvait deviner, en voyant sa mère, cette artiste passionnée, habitée par l'amour de la peinture, que la malheureuse était victime d'une maladie des nerfs depuis des décennies. Victime d'une illusion maladive, pathologique. Jamais Lynda ne cesserait d'attendre le retour de l'homme mystérieux qu'elle avait aimé autrefois. Pas une fois il n'était entré en contact avec elle et pourtant sa dépression n'était pas guérie.

Quatre mois plus tôt, Coral avait eu l'impression que ça allait mieux. Sa mère avait manifesté une joie débordante en la voyant sortir diplômée des Beaux-Arts, et un galeriste avait vendu toutes les œuvres de Lynda exposées pour sa dernière collection. Et puis… un nouvel épisode dépressif avait eu lieu. Lynda avait refusé de dire ce qui la préoccupait, mais Coral savait que cela avait un rapport avec son père.

Un père dont elle ne savait strictement rien sinon qu'il avait été le patron de sa mère — et que coucher avec son patron était une très mauvaise idée.

Non, elle ne coucherait pas avec Raffaele.

Mais elle ne voulait pas penser à ce genre de choses maintenant. Mieux valait conserver sa belle humeur pour tenter d'amadouer l'ombrageux Salvatore : elle espérait tant remporter cette seconde commission, et photographier le jeune couple de tourtereaux !

Hélas, le personnage était fort déplaisant. Il serait difficile d'emporter l'adhésion d'un homme qui refusait de la saluer. Elle soupira. Au moins, elle avait réussi à plaire à Kyla.

Le son de la musique provenant du parc lui parvint, mêlé au murmure de la mer en contrebas. À mesure qu'elle approchait, elle entendit aussi des éclats de voix, des rires, le tintement des verres. Le trac ainsi que l'appréhension de se retrouver dans un milieu qui n'était pas le sien la gagnèrent, et dès qu'elle parvint dans le parc, elle se dirigea vers l'un des somptueux buffets pour y prendre un verre de vin. Elle avait besoin d'une gorgée d'alcool pour se donner du courage !

Quand elle se retourna vers la foule, elle s'aperçut que les hommes appréciaient sa tenue. Les femmes aussi, le sourire en moins. Afin de dissiper sa gêne, elle fit quelques pas et admira le luxe des nappes, des couverts et de la porcelaine disposés sur de longues tables en chêne massif. L'éclairage n'était pas moins élégant, et provenait d'un savant assemblage de lustres à bougeoirs et de guirlandes électriques.

Elle repéra Mariella, accoudée à une petite table et, assis près d'elle, Raffaele. Il paraissait écouter avec attention ce qu'elle lui disait.

— Ah, Coral. Vous êtes venue, observa-t-il avec une satisfaction non feinte. Vous êtes splendide. Cette robe vous va à ravir.

— Je ne veux pas vous déranger, répondit-elle. Je tenais juste à vous remercier de songer éventuellement à moi pour les photos de Kyla et Salvatore. Que cela se fasse ou non, j'y suis très sensible, Mariella.

— Il n'y a pas de quoi. La décision n'est pas prise, mais Raffaele était précisément en train de me dire que vous avez comblé ses attentes en ce qui concerne le reportage de Kyla. Bravo, bien joué.

La rédactrice en chef lui tourna le dos, et Coral venait de s'éloigner quand elle tomba nez à nez avec Salvatore.

— Oh ! bonsoir ! s'exclama-t-elle avec chaleur. Comment allez-vous ?

Son interlocuteur resta de marbre tandis qu'elle l'embrassait sur les deux joues. Son eau de Cologne était trop acide, et il sentait l'alcool.

— La soirée vous plaît ? s'enquit-il d'un ton froid.

— Beaucoup, oui !

Elle était enchantée d'échanger enfin quelques mots avec quelqu'un, même s'il ne se montrait guère engageant.

— Cette villa est si belle, reprit-elle. Et ces jardins, la vue sur la mer… C'est sublime.

Salvatore hocha la tête en silence.

— Je vous ai vu arriver en bateau, cet après-midi, et je…

— Vous m'avez vu ? répéta-t-il en fronçant les sourcils.

— Oui. Vous devez beaucoup aimer les bateaux… de toute sorte, je suppose ! Vous arrive-t-il de voyager à bord des paquebots Argento ? Oh ! mais je suis stupide, ce doit être comme de prendre le bus pour vous…

Elle s'esclaffa, mais il ne parut guère d'humeur à l'imiter. Il ne souriait même pas. Coral sentit son malaise croître. Redoutant le silence, elle préféra tenter autre chose :

— Alors c'est ici que vous avez grandi ? Une île privée, ce doit être fantastique quand on est enfant. Vous avez dû vous amuser…

— Que signifient toutes ces questions ? opposa-t-il brusquement. Qu'est-ce que vous cherchez à savoir ? Vous êtes journaliste ?

— Comment ?

— Salvatore, Kyla est fatiguée. Elle te demande, intervint une voix derrière eux.

Raffaele ! Il posa la main sur son épaule, et Coral sentit aussitôt en elle un curieux mélange d'apaisement et d'excitation.

— Ta nouvelle amie bout littéralement de curiosité au sujet de notre famille, déclara Salvatore d'un ton sec.

— Merci de me le confirmer, répondit Raffaele avec une décontraction étonnante. Elle est là pour cela ce soir, dans la mesure où elle doit apprendre à connaître les Di Visconti le mieux possible pour préparer le reportage de demain.

— Non, c'est vrai ? lâcha-t-elle dans un souffle. Vous me confiez cette séance ? C'est décidé ?

Son cœur battait à tout rompre ! Quelle joie !

— Qu'est-ce que c'est que cette histoire ? Je ne suis pas au courant, coupa Salvatore.

— Mais ta fiancée, si. Elle a déjà tout prévu, et elle est en train de raconter son projet dans ses moindres détails aux directeurs artistiques, là-bas. Sache qu'elle a été très impressionnée par le talent et le savoir-faire de Coral. Mariella et moi pensons que c'est une excellente idée. Tout est sous contrôle.

Salvatore jeta un long regard à Raffaele, puis à Coral, qui remarqua pour la première fois qu'il était très séduisant, malgré son air suffisant et son perpétuel froncement de sourcils.

— Bien. Dans ce cas, puisque tout est arrangé, je vous verrai demain, mademoiselle euh… ?

— Dahl, compléta Raffaele.

— Coral, s'il vous plaît, précisa-t-elle en souriant.

Salvatore s'éloigna, et elle lâcha un long soupir.

— Il ne m'aime pas du tout, conclut-elle. Et si cela se voit dans les clichés, ça ne donnera rien de bon.

— Détendez-vous. Salvatore a toujours besoin de temps pour accorder sa confiance. Vous verrez que tout se passera très bien.

À ces mots, elle ne put s'empêcher de rire.

— De votre part, c'est un comble ! Quand je pense au temps qu'il m'a fallu pour franchir vos barricades ! Votre frère doit être un cas d'école.

Il sourit.

— Je suis peut-être plus sensible que lui à vos charmes.

— Oh non, ne dites pas cela. Je ne veux surtout pas

qu'on pense que c'est ainsi que j'ai obtenu ce second reportage !

Il leva les yeux au ciel.

— Coral, comme je vous le disais tout à l'heure, prêter trop d'attention à ce que racontent les autres ne peut que vous attirer des ennuis. Dans la vie, rien n'empêche de suivre sa voie et de prendre un peu de plaisir en même temps. Cela n'a rien de contradictoire.

Lentement, elle acquiesça.

— D'accord. C'est vrai. Je reconnais que le baiser que nous avons échangé était… divin. Mais ça s'arrête là. L'un et l'autre, nous savons très bien quelle est la raison de ma présence ici. Ce que je suis venue faire sur cette île. Et ce que je ne ferai pas.

— Parfait. Du moment que *nous le savons très bien l'un et l'autre*.

— Exactement. Mais permettez-moi de vous remercier du fond du…

— Non. Ce que vous obtenez professionnellement, vous le devez à votre expertise professionnelle. C'est simple et ce doit être clair. Je ne tolère ni l'amateurisme, ni l'incompétence. Vous ne seriez jamais allée plus loin que le tarmac si je n'avais pas été certain que vous étiez capable de réussir ce travail. Est-ce que vous comprenez ?

Elle leva les yeux vers lui et hocha la tête avec gravité, sans pouvoir détacher ses yeux des siens. Sa franchise, ses manières directes… Tout en lui la séduisait. Ce corps d'athlète, ce visage sculptural la subjuguaient. Comment un homme qu'elle connaissait à peine parvenait-il à produire un tel effet sur elle ? Pourquoi le baiser qu'ils avaient échangé s'était-il imprimé dans sa chair de façon indélébile ? Elle avait le sentiment de fondre entre ses bras, de n'être plus qu'une flamme incandescente. Et elle en voulait encore...

Son cœur battait si fort qu'elle en avait mal. Elle ne savait comment réagir, quand un des hommes de Raffaele intervint, faisant signe à ce dernier qu'il avait un message pour lui.

— Qu'est-ce qu'il y a ?

L'homme chuchota quelques mots inaudibles.

— Je regrette, je dois vous laisser. Une affaire urgente.

Coral sourit d'un air compréhensif. Son compagnon fronçait les sourcils. Il devait y avoir un problème.

— Excusez-moi, ajouta-t-il avant de s'éclipser.

Un frisson glacé la parcourut. Il avait suffi qu'il s'éloigne pour qu'elle se sente inexplicablement seule au monde. Durant une vingtaine de minutes, elle circula parmi les groupes d'invités, son verre presque plein à la main. Une étrange mélancolie l'avait gagnée.

Puisqu'elle avait décroché le second contrat, n'était-il pas plus sage qu'elle aille se reposer ? Discrètement, elle quitta la soirée et reprit le petit sentier menant à la maison des invités.

La brise nocturne était devenue plus mordante, et ses escarpins commençaient à lui faire mal aux talons. Elle regrettait d'être partie sur un coup de tête quand elle entendit des éclats de voix non loin, sur la route.

En approchant encore, elle réalisa qu'il ne s'agissait pas d'une conversation entre amis mais d'une querelle. Trois personnes se trouvaient là, deux hommes et une femme. En reconnaissant Raffaele et Salvatore, elle porta une main à ses lèvres pour étouffer une exclamation.

— Ne sois pas stupide, Salvatore ! Tu te maries dans trois jours ! Soit tu annules, soit tu apprends à te dominer !

# 6.

Raffaele se tourna vers la femme et aboya :

— Quant à vous, retournez dans vos appartements et restez-y. N'oubliez pas ce que vous avez signé parce que, si cette affaire sort, je saurai d'où ça vient !

Il venait tout juste de prononcer ces mots quand Salvatore bondit en direction de l'inconnue. Raffaele se précipita sur lui, le serra au collet et le plaqua contre sa jeep.

— Bon sang, ça suffit, garde ton calme ! gronda-t-il d'un ton furieux.

Salvatore se dégagea et répliqua vertement :

— Tu te crois parfait, Raffa ? Tu réussis peut-être à tromper pas mal de monde, mais moi pas ! Toi aussi, tu as déjà eu une relation avec une femme pendant que tu en fréquentais une autre ! Dans ce domaine, je n'ai vraiment pas de leçon à recevoir de toi.

— Je ne prétends pas être parfait mais je ne suis pas fiancé, et ce n'est pas moi qui me marie dans trois jours.

— Aucun risque ! s'esclaffa Salvatore. Tu en es à séduire des stagiaires de ton journal ? Comme la petite gourde à qui tu fais croire que tu apprécies son travail ?

Raffaele avança d'un pas, menaçant, et siffla entre ses dents :

— C'est bien assez pour ce soir. Tu es en train de perdre tout sens commun, Salvatore. Va plutôt rejoindre Kyla.

— Qu'est-ce que tu peux bien lui trouver, à celle-là ? D'habitude, tu refuses de collaborer avec des amateurs.

— Je suis las de ta paranoïa. Tu es ivre !

Exaspéré, il le reprit par le col, et les deux hommes restèrent un instant l'un face à l'autre, sans mot dire. Enfin, Salvatore s'extirpa de l'étreinte de Raffaele et tourna les talons, sans autre forme de procès.

Un silence mortel tomba sur la côte. Coral voulut reprendre discrètement son chemin, mais une branche craqua sous son pied. Raffaele sursauta et se tourna immédiatement vers elle.

Seigneur. Mieux valait parler la première.

— Euh… Je suis désolée, balbutia-t-elle très bas.

Elle avança de quelques pas.

— J'étais fatiguée, expliqua-t-elle. Je rentrais, et, euh…

— Vous avez entendu notre échange ?

— Oui, reconnut-elle. Mais vous n'avez pas à vous inquiéter, c'est comme si je n'avais pas été là.

Il poussa un profond soupir.

— Je sais. Je vous fais confiance. Et je vous prie d'excuser Salvatore pour les réflexions déplaisantes qu'il a faites à votre sujet.

Elle haussa les épaules.

— Oh ! il dit tout haut ce que les autres pensent tout bas. Le mal est fait, maintenant.

Il la dévisagea avec amusement.

— Décidément… Je vous assure que vous accordez bien trop d'importance à d'éventuels ragots.

Coral fronça les sourcils. Ce reproche l'agaçait.

— Excusez-moi, mais vous ne trouvez pas ce genre de remarque un peu hypocrite ? Qu'est-ce que vous faites ces jours-ci, sinon raconter une version bien lisse de la vie de Salvatore aux médias ? Et étouffer tout commentaire sur les réseaux sociaux avec des contrats ?

Son compagnon s'esclaffa.

— Touché. Bien vu.

Puis il s'approcha d'elle et lui décocha une longue œillade. Coral sentit une onde de chaleur lui traverser le corps.

— Allons, venez, murmura-t-il. Laissez-moi vous raccompagner avant que je change d'avis et que je vous conduise chez moi.

Elle rassembla toutes ses forces afin d'ignorer ce commentaire, mais la présence de cet homme à côté d'elle la troublait tant qu'elle introduisit la clé dans la serrure d'une main tremblante. Elle n'eut pas plus tôt ouvert la porte qu'elle vit son mobile vibrer sur la console de l'entrée. Prestement, elle l'attrapa, mais il était trop tard.

— Oh non... Je l'ai encore manquée, constata-t-elle, dépitée.

— Votre mère ?

— Oui. Je n'ai toujours pas eu l'occasion de discuter quelques minutes avec elle. Vous m'excusez ?

Elle rappela, mais elle tomba sur le répondeur.

— Pas de chance, soupira-t-elle. Nos appels n'auront cessé de se croiser de toute la journée. Tant pis.

— Essayez encore. Pendant ce temps, je vais nous servir à boire.

— C'est inutile, dit-elle en le suivant dans la cuisine. Elle a éteint l'appareil, maintenant. Elle fait toujours ça.

— Est-ce que c'est grave ? Vous avez besoin de lui parler d'urgence ?

— Pas exactement... Ma mère fait de la dépression chronique, avoua-t-elle. Et quand elle est dans cet état, elle ferme tout sas de communication avec l'extérieur.

Comme je vous l'ai dit, c'est une artiste. Elle a toujours eu des hauts et des bas.

— Elle n'est pas soignée ? s'étonna-t-il.

— Si mais… Ce n'est pas si simple. Elle refuse une thérapie qui ciblerait l'origine de sa maladie.

Raffaele haussa les sourcils.

— C'est-à-dire ?

Coral hésita. Elle n'avait jamais divulgué à quiconque la raison pour laquelle sa mère était malade. Pourtant, face à cet homme qui lui tendait un verre de cognac, l'encourageait d'un sourire, respirait la franchise et lui prêtait une oreille bienveillante…

— Mon père, souffla-t-elle.

Voilà, elle l'avait dit. Elle avait désigné l'homme anonyme, le mystérieux inconnu qui l'avait enfantée. Mais sa réponse laissait Raffaele perplexe.

— Oui ? Eh bien ? s'enquit-il.

— Eh bien, c'est tout. Je ne sais presque rien. Ma mère ne parle jamais de lui. C'est un sujet tabou. Elle se met dans tous ses états quand je tente de l'évoquer. Pourtant, Dieu sait que j'ai tout essayé pour la convaincre de vider son sac.

Son compagnon parut éberlué.

— J'en déduis qu'ils sont séparés ?

— Euh… En réalité, ils n'ont jamais été ensemble. D'après ce que j'ai compris, en tout cas. C'était son patron, et quand il a appris qu'elle était enceinte de lui, il l'a plaquée. Elle ne s'en est jamais remise.

— Je vois… Je suis navré de l'apprendre. Cela a dû être terrible pour vous deux.

Comme il s'était accoudé au bar, elle l'imita et avala une gorgée de cognac.

— À vrai dire, je ne pense jamais à lui. D'abord parce

que j'ignore tout de lui, et ensuite parce que… je ne vois pas comment il pourrait défaire ce qui est fait. J'ai cessé de chercher à en savoir plus pour ne pas la blesser.

— Mais, et vous ? opposa-t-il en la regardant droit dans les yeux. Votre blessure *à vous* ? Votre mère doit bien comprendre que vous avez des sentiments, vous aussi.

— Oh ! ça ne me gêne pas. Quand j'étais petite, j'inventais des histoires pour justifier son absence. Plus tard, à l'adolescence, j'ai eu besoin de réponses, et un jour, j'ai passé l'appartement au crible : j'ai lu toutes les lettres et les cartes postales que j'ai pu trouver. J'ai fini par récolter ces maigres renseignements : c'était son patron quand elle est arrivée à Londres pour travailler, point final.

Désireuse de changer de sujet, elle enchaîna :

— C'est bien moins douloureux que ce que vous avez dû traverser… Par exemple, en renonçant à la villa de votre enfance au bénéfice de Kyla ?

— La villa Di Visconti ? s'étonna-t-il. Non, c'est du passé. Je préfère me concentrer sur le présent.

Il remplit leurs verres sans la quitter des yeux et ajouta :

— Vous êtes ravissante, ce soir.

— Je… Merci, dit-elle en rougissant.

— À votre santé. *Saluti*.

— *Saluti*, répéta-t-elle, troublée.

Le silence était tombé. Seul le murmure de la mer, paisible et régulier, troublait parfois la quiétude nocturne. Dans cette petite cuisine très simple, seuls l'un à côté de l'autre, l'intimité devenait… palpable. Coral avait chaud. Le parfum boisé de Raffaele la grisait.

— Aucune femme ne vous a jamais résisté, n'est-ce pas ? demanda-t-elle d'une voix éraillée.

— Vous êtes la première à essayer, reconnut-il.

Elle sourit.

— Je suis faite d'acier, avertit-elle.

Par-dessus son verre, il lui décocha un regard indéchiffrable.

— Nous verrons bien.

— Raffaele…

— Ce serait différent si vous ne partagiez pas mon désir. Mais je perçois vos frémissements, *cara*. Je lis votre trouble dans vos yeux. Vous vous consumez.

Oui. Elle avait follement, *éperdument* envie de lui. De sentir son corps masculin contre elle, de savourer le goût de sa peau, de faire l'amour avec lui.

Mais l'histoire de sa mère la hantait depuis toujours. L'avertissement de Mariella résonnait encore à ses oreilles. Si elle suivait son cœur… Elle devait savoir que ce serait uniquement pour une nuit de passion. Rien de plus.

— Je… Je regrette, déclara-t-elle avec une grande fermeté. Cela n'arrivera pas.

Son compagnon ne cilla pas. Il sourit avec délicatesse.

— Non ? Alors j'ai fait erreur, répondit-il.

— Peut-être pas, mais je suis déterminée à me concentrer sur le travail que j'ai à faire ici et *rien d'autre*. Je tiens à avoir l'esprit clair demain matin.

— La journée sera longue, en effet, convint-il.

Posant son verre sur le comptoir, elle se dirigea vers l'escalier.

— Je monte prendre une douche. Ensuite, j'irai me coucher.

Stupidement, elle fit mine de bâiller pour appuyer cette conclusion.

— Bonne nuit, dit-il en passant dans le salon. Je finis mon verre et je rentre chez moi.

— Bonne nuit, souffla-t-elle sans demander son reste.

Elle fila au premier étage en refusant de se demander

si elle ne venait pas de laisser passer la chance de sa vie. Tremblante, elle entra dans la luxueuse salle de bains où tout était fourni aux invités les plus imprévoyants : savon, brosse à dents, dentifrice, crème de jour, shampoing…

Devant le miroir, elle laissa la ravissante robe glisser à ses pieds. La sueur lui perlait au front. Oui, une douche lui ferait le plus grand bien. Cependant, elle ne parvenait pas à faire abstraction de sa présence. Raffaele Rossini était là, en bas. Il avait envie d'elle. Et elle était ivre de désir pour lui. Un désir qui l'embrasait à tel point qu'elle commençait à éprouver une pénible frustration.

Nue, elle s'apprêtait à fermer la porte de la salle de bains, mais elle n'en fit rien. Si seulement… S'il montait jusqu'ici… dans ce cas, elle n'interromprait pas ce qui devait arriver. Cette fois, elle suivrait son instinct plutôt que sa tête.

Seigneur, elle était en train de glisser sur une pente très dangereuse. Elle n'avait pas le droit d'agir ainsi. Si les choses tournaient mal, si elle perdait ce job… jamais elle ne se le pardonnerait. Seule sa carrière devait compter.

Agacée, elle entra dans la superbe douche italienne et régla le jet d'eau chaude avec celui de la vapeur. Dès qu'elle sentit l'eau brûlante et parfumée cascader sur son corps, elle ferma les yeux de volupté. Comme son esprit vagabondait vers le rez-de-chaussée, elle imagina Raffaele debout devant la cheminée, buvant son verre de cognac. Le charisme de cet homme au regard fascinant… Ses mains… Sa bouche…

Coral laissa errer ses doigts sur ses seins généreux, puis descendit vers son ventre avant de s'aventurer sous la toison brune de son sexe.

Un gémissement de plaisir s'échappa de ses lèvres tandis qu'elle pensait à lui en train de l'embrasser. Soudain, la porte de verre s'entrouvrit. Son cœur s'emballa. Non de peur mais de… soulagement. L'objet de son désir était là, devant elle.

Raffaele.

Tout habillé.

— Je te regardais, avoua-t-il d'une voix rauque. Continue. Recommence à te caresser.

Il se produisait quelque chose d'inouï. De magique. Elle devait être en plein rêve. Car loin d'éprouver la moindre gêne, Coral sentit son excitation croître davantage. Des ondes parcouraient sa chair, et elle avait envie de céder au plaisir.

— Je n'ai pas pu m'en empêcher, dit-elle.

— Tu pensais à moi. Tu rêvais de ce que je pourrais te faire.

— Oui, souffla-t-elle.

— Coral, je peux m'en aller maintenant et te laisser seule avec ton fantasme. Ou rester et réaliser ton désir. Il faut que tu choisisses. Dis-moi ce que tu décides.

L'eau ruisselait sur ses épaules. Elle se cambra pour laisser le jet tremper ses cheveux. Puis elle prit ses seins dans ses mains et les lui offrit, d'un geste provocateur. C'était la première fois de sa vie qu'elle se montrait aussi audacieuse. Aussi libre. Et elle réalisait que cela risquait de la changer profondément.

— Dis-le, insista-t-il.

Fermant les yeux, elle laissa parler sa chair.

— Viens, supplia-t-elle. J'ai envie de toi, Raffaele. Maintenant. Je t'en prie.

Pour toute réponse, il bondit dans la cabine, la prit dans ses bras et l'embrassa avec une volupté affamée. Puis, il promena ses mains brûlantes sur son dos et ses hanches avant de glisser vers son ventre. Quand elle sentit ses doigts se poser sur ses seins et en agacer les tétons, elle lâcha un cri. Marmonnant des mots inintelligibles en italien, il ne se lassait pas de les torturer entre le pouce et l'index, faisant jaillir en elle des vagues de plaisir de plus en plus puissantes.

Ses baisers se firent plus exigeants. Emportée par le vertige, elle le laissa enrouler furieusement sa langue autour de la sienne et sentit soudain sa main s'aventurer entre ses cuisses. Les mouvements experts de ses doigts en elle lui arrachèrent des gémissements.

— Oh oui ! Raffaele… Encore !

À mesure qu'il poursuivait son exploration, un volcan entrait en éruption dans son bas-ventre, et des coulées de lave inondaient son corps.

— Je t'en supplie, viens ! supplia-t-elle.

Cette fois, il consentit à se débarrasser de son pantalon et de sa chemise. Le souffle court, elle eut à peine le temps d'admirer la perfection de son torse musclé, parcouru d'une fine toison dorée. Déjà, il était entièrement nu et lui révélait la force de son désir, et elle était hypnotisée par son sexe en érection.

Dans un geste presque brutal, il la souleva par les fesses et la plaqua contre la paroi de la douche, avant de la pénétrer d'un puissant coup de reins. Désespérément accrochée à son cou, Coral bascula la tête en arrière pour savourer cette brûlure exquise. Jamais elle n'avait connu un plaisir aussi intense. Raffaele imprimait à leur étreinte un va-et-vient languide qui, peu à peu, se fit plus tribal, primitif. Les assauts devinrent fantastiques, accompagnés d'immenses vagues d'extase. Dans chaque atome de sa chair, elle sentait exploser des millions de sensations, comme si elle était propulsée vers une nouvelle dimension.

Plus rien d'autre n'existait que la fusion de leurs deux corps étroitement imbriqués.

— Je vais jouir, lâcha-t-il dans un grondement. Tu es protégée ?

— Oui ! Oui ! cria-t-elle, sans rien entendre d'autre que son plaisir, puis le tumulte de son orgasme lorsque celui-ci vint la submerger au moment précis où Raffaele parvenait, lui aussi, à la délivrance.

Durant un long moment, ils restèrent entrelacés et immobiles, à écouter les battements frénétiques de leurs cœurs tandis que des cascades d'eau chaude ruisselaient sur eux. Enveloppés de vapeur, ils semblaient collés l'un à l'autre, et Coral l'enlaçait toujours de ses bras.

— Est-ce que ça va ? demanda-t-il enfin d'une voix altérée.

— Oui, lâcha-t-elle dans son cou. Je ne me maîtrisais plus…

— Je sais, répondit-il en souriant. Et c'était très beau à voir. Je ne sais pas pourquoi, mais j'avais deviné que ce serait extraordinaire entre nous. Je ne me suis pas trompé, n'est-ce pas ?

— Oh ! c'était… absolument incroyable, murmura-t-elle, encore sous le choc.

Lentement, elle se releva, et il l'imita pendant qu'elle cherchait une serviette.

— Je vais t'aider, dit-il en déposant un drap de bain sur ses épaules.

Il s'enroula lui-même d'une serviette, et ils passèrent dans la chambre pour tomber sur le lit en riant.

— C'est la plus merveilleuse expérience de toute ma vie, dit-elle ingénument. Je… Je n'avais jamais ressenti des choses aussi extrêmes !

— Dans ce cas, ne nous arrêtons pas là, suggéra-t-il. La nuit commence à peine.

Elle sourit, et ils échangèrent un baiser plus tendre, et plus voluptueux encore que celui de l'après-midi.

Raffa était conscient qu'il perdait tout contrôle. Et c'était bien la première fois. Il était subjugué par ce mélange de féminité, de candeur et d'innocence, chez cette femme dont la beauté l'intriguait tant.

Il ne demandait qu'à entamer un deuxième round, mais son téléphone ne cessait de vibrer sur le sol de la salle de bains et, agacé, il se leva pour aller le prendre.

Salvatore cherchait furieusement à le joindre sans laisser de message. Il revenait dans la chambre quand il entendit que, dehors, on frappait à la porte de sa villa.

— Ne bouge pas, dit-il. Je reviens.

La jeune femme hocha la tête et se glissa sous les draps, non sans lui couler un regard complice.

Il sourit. Bon sang, elle était irrésistible ! Rapidement, il traversa le premier étage, tapa le code de la porte qui communiquait avec sa propriété, se hâta d'aller dans son dressing pour enfiler un jean et un T-shirt, puis ouvrit à Salvatore.

Un Salvatore tel qu'en lui-même : bouillant d'impatience et de nervosité, le regard brillant, l'air courroucé.

— J'ignore de quoi il s'agit, mais ça va attendre, décréta fermement Raffaele. La fille que tu as retrouvée à la soirée est partie, l'affaire est réglée. Va te coucher, maintenant.

— Je ne viens pas te parler d'elle mais de ta photographe, répliqua Salvatore. Nom d'un chien ! Je ne peux pas croire que tu aies été si stupide, Raffa ! J'ai tout de suite vu qu'il y avait du louche.

— De qui est-ce que tu parles ? De Coral ? Tu as vu quoi ?

— Dahl, Raffa ! *Dahl.* Tu ne te souviens pas ? La femme qui a voulu attaquer papa pour une prétendue paternité niée ?

# 7.

Déconcerté, Raffaele réfléchit. *Dahl.* Oui… Le nom lui était familier. Sans faire sa connaissance, il avait entendu parler d'une certaine Dahl. Une artiste. Il y avait eu un entretien avec des avocats, une accusation… Il revit le visage empourpré et furieux de Giancarlo.

— En effet, acquiesça-t-il, ça me dit vaguement quelque chose. Qui était-ce déjà ?

— Lynda Dahl. La garce qui a prétendu que papa lui avait fait un enfant. Elle a essayé de lui extorquer de l'argent. C'est moi qui me suis occupé d'elle, qui ai fait barrage. Eh bien, devine qui est ta photographe ? Sa fille ! J'ai tout vérifié. Il ne fait pas le moindre doute qu'elle est venue ici pour réclamer sa part de l'héritage pendant que la succession est en cours. La situation est très claire, Raffa : cette fille se sert de son statut de photographe pour nous piéger. Elle doit espérer nous rouler et partir avec un gros morceau du gâteau.

Raffaele était incapable d'articuler un son. C'était comme s'il venait de se faire écraser par un six tonnes. La créature ravissante qui l'attendait au lit était tout le contraire de l'innocente jeune fille qu'il croyait avoir rencontrée.

Il ouvrit Internet sur son mobile.

— C'est Lynda avec un y, précisa Salvatore.

En un instant, il la trouva. Lynda Dahl, artiste peintre, une jolie blonde aux yeux de biche, avec une bouche pulpeuse et un teint de porcelaine. Elle avait quarante-cinq ans et exposait parfois à Londres. C'était la mère de Coral.

— Je veux qu'elle quitte cette île, Raffa, reprit Salvatore. Le simple fait de savoir qu'elle respire le même air que nous… Je me sens trompé.

Raffaele leva les mains en signe d'apaisement.

— Attends, pas si vite… Où as-tu trouvé ces informations ?

— Comment cela ? Qu'est-ce qu'il te faut de plus ? Tu as aussi oublié le jour où je t'ai raconté comment j'avais découvert cette histoire ?

— Non, reconnut-il. Tu avais douze ans. Tu fouillais dans le bureau de Giancarlo à la recherche de Dieu sait quoi. Et je me souviens parfaitement. Tu as trouvé une lettre où cette femme exposait sa situation en demandant de l'aide. Je t'ai dit que nos avocats s'en occuperaient.

— Mais elle est revenue demander de l'argent plus tard ! rappela Salvatore. Au moment où sa fille a commencé ses études. Tu ne comprends donc pas ce qui se passe ? Cette prétendue photographe s'est débrouillée pour se retrouver ici, pour se venger ou obtenir va savoir quoi. Comme sa mère n'a pas réussi en frappant à la porte d'entrée, elle tente de s'infiltrer par la sortie de secours.

— Enfin, Salvatore, écoute-toi… C'est un scénario digne d'un thriller.

Mais une sensation désagréable lui courait le long de l'échine. Jamais il ne s'était fait duper. Il prévoyait tout. Il contrôlait tout. Si elle s'était jouée de lui…

— Il faut impérativement qu'elle dégage de l'île, insista Salvatore. Si je me trompe, nous renvoyons simplement une débutante. Si j'ai raison, nous évitons une véritable catastrophe. Raffaele, tu me le rappelles toi-même toutes les cinq minutes : dans trois jours, je me marie. Tu ne veux pas faire ça pour Kyla ? Pour notre famille ? Je suis certain de ne pas me tromper, mais en admettant que ce soit le cas, je te promets de présenter des excuses. J'enverrai des fleurs, un bijou… En revanche, pour le moment, s'il te plaît, jette-la dehors.

Raffaele avait blêmi. La voix, les mots de Salvatore creusaient des galeries en lui. Le doute était là. Certes, son frère adoptif avait toujours été quelqu'un de suspicieux. Son incapacité à faire confiance aux autres tournait souvent à la paranoïa. Il n'aurait jamais accepté d'épouser Kyla s'il n'avait pas eu la certitude qu'elle n'en avait pas après son argent : la fortune de son père était presque aussi importante que celle de Giancarlo.

Mais comment croire qu'il s'agissait d'une coïncidence ? La thèse de la vendetta était plus que plausible.

— Très bien, conclut-il d'un ton abattu. Je m'en occupe personnellement.

— Tu n'as pas le temps de la jouer fine, Raffa. C'est urgent. Débarrasse-toi d'elle d'abord, et allons au fond des choses ensuite. C'est ce que nous aurions tous dû faire dès l'irruption de cette Lynda Dahl, mais tu étais tellement certain de la vertu de mon père… Moi pas.

Raffaele jeta un regard perçant à cet homme qui était son ami et son frère de papier. Il devait enfouir la rage qui bouillait en lui en cet instant. De quel droit Salvatore exigeait-il tout cela de lui ? Comment osait-il douter de la force de caractère, de l'honnêteté à toute épreuve de Giancarlo ? Malheureusement, il fallait bien composer avec la personnalité déplaisante du nouveau chef de la famille Di Visconti. Raffaele se voyait depuis longtemps confier la mission de gérer les réactions excessives de Salvatore.

Le mariage était imminent. La « révélation » dans les pires tabloïds d'un enfant caché, d'une mère abandonnée et tombée malade… Non, c'était hors de question. La *famiglia* ne serait pas ainsi traînée dans la boue, et surtout pas le nom de l'homme qu'il avait aimé par-dessus tout, Giancarlo Di Visconti.

— Je viens de te le dire, répéta-t-il sèchement. Je m'en charge. Elle aura quitté l'île avant l'aube, et nous en discuterons ensuite.

Salvatore se contenta d'approuver d'un hochement de tête. Puis, visiblement satisfait, il partit.

Coral ouvrit les yeux. Il faisait nuit noire. Seigneur, elle s'était endormie… En se redressant, elle chercha à côté d'elle, sur le matelas, la forme de Raffaele. Mais elle était seule. Intriguée, elle alluma la lampe de sa table de chevet. Il était 5 h 30 du matin.

Inquiète, elle se leva et enfila sa jolie robe orange et rose. À regret, elle se décida à remettre les escarpins qui lui avaient brisé les pieds.

Que s'était-il passé ? Était-il revenu dans la chambre et, la trouvant endormie, avait-il préféré rentrer dormir chez lui ?

Elle passa dans le salon. Celui-ci donnait sur la majestueuse terrasse de la villa de Raffaele, et il lui suffirait de la traverser pour parvenir devant sa villa.

Dans sa hâte de le rejoindre, elle manqua lui tomber dessus et poussa une exclamation. Il était là, debout, un verre à la main.

— Oups ! Je… Excuse-moi de m'être endormie. Tu aurais pu me réveiller, tu sais.

Elle sourit et leva une main vers son bras, mais il resta de marbre et annonça froidement :

— Je regrette, Coral. J'ai été obligé de revoir nos projets. Il y a un changement de programme.

— Oh…

Son sourire s'évanouit. De toute évidence, quelque chose n'allait pas.

— C'est-à-dire ? articula-t-elle d'une voix anxieuse.

L'expression qu'il arborait était inédite. Il semblait à la fois malheureux et courroucé. Déterminé, et abattu.

— Eh bien… Cette nuit ne tourne pas comme je l'aurais voulu, expliqua-t-il. J'en suis désolé, mais la journée de demain est annulée, en ce qui te concerne.

Coral releva vers lui un regard perdu. Devant elle se trouvait l'homme extraordinaire avec lequel elle avait fait l'amour, et pourtant, il était devenu un inconnu. Toute émotion était chassée de ses traits. Alors qu'à l'intérieur d'elle-même elle avait l'impression d'être déchiquetée.

— Pourquoi ? demanda-t-elle, paniquée. Je me suis seulement endormie… Tu es parti régler un problème, avec Salvatore, je suppose, et tu devais revenir pour que…

— Je t'ai déjà eue sous la douche. Je n'ai pas besoin que tu restes dans mon lit.

La violence de cette réplique fut telle que, sans réfléchir, par pur réflexe, elle lui décocha une gifle magistrale. C'était la première fois qu'elle levait la main sur quiconque. Elle se sentit trembler de tous ses membres. Sa paume était brûlante.

— Quel genre d'homme es-tu ? lâcha-t-elle, écœurée. Comment oses-tu te comporter ainsi ?

— Je n'ai rien à gagner de plus avec toi. Tu peux garder la robe et les bijoux, je n'en ai pas besoin. Tes autres affaires sont déjà remballées : ton sac t'attend dans la voiture.

Sa tête devenait lourde. Son estomac se tordait. Qu'avait-elle pu faire pour mériter une pareille humiliation ? Elle se retourna pour chercher un siège où s'asseoir.

— Je ne comprends pas, murmura-t-elle. Tu es en train de me dire que tu veux que je parte ? Je n'ai pas le reportage de demain et je dois m'en aller ? C'est bien ça ?

— Prends ton temps. Le jet est prêt à partir. Le pilote peut très bien attendre une heure ou deux. Je suis vraiment navré.

Sur ces mots, il finit son verre et se dirigea vers la baie vitrée. Coral aperçut un homme posté dehors, sur la terrasse.

— Finalement, Iannis, je n'aurai pas besoin de vous. Je vais conduire moi-même, dit-il.

Dès que le chauffeur disparut, il revint lentement vers elle et lui tendit la main pour l'aider à se lever du fauteuil dans lequel elle s'était littéralement effondrée. Mais peu à peu, elle recouvrait ses forces.

— Ne me touche pas ! aboya-t-elle. Espèce de salaud ! Tu es mille fois pire que tout ce qu'on raconte sur toi ! Je n'arrive pas à croire que j'aie pu me montrer aussi naïve…

Elle lui décocha un regard assassin, mais elle avait surtout envie de ne plus le voir. Poser les yeux sur lui était trop douloureux. Cette bouche l'avait couverte de baisers passionnés. Cette voix avait été chaude et haletante de désir. Tout était faux : les mots, les sourires, les caresses… La mascarade avait été complète, jusque dans son cœur noir et glacé.

Le plus dignement possible, elle se leva, traversa la terrasse et se dirigea vers la jeep aux vitres teintées. En découvrant son reflet dans une fenêtre, elle eut envie de vomir : avec cette robe taillée pour une millionnaire, elle avait l'air de ce qu'elle était — la reine des imbéciles.

Il avait suffi de si peu ! Quelques compliments, une robe, des bougies, et elle avait oublié tout ce qu'elle avait appris.

Stop.

Rageusement, elle ôta la robe, pestant contre le zip récalcitrant avant de jeter le morceau de tissu le plus loin possible. Puis, elle envoya chacun de ses escarpins valser bruyamment sur la terrasse.

Le menton bien haut, elle se retourna vers lui.

— Garde tes saletés ! Je préfère encore me retrouver toute nue plutôt que de toucher quelque chose qui t'appartient !

— *Cosa fai* ? demanda-t-il, épouvanté. Couvre-toi tout de suite !

D'un pas preste, il descendit les marches pour la rejoindre. Il était écarlate, ce qui décupla encore sa fureur.

— Va au diable ! répliqua-t-elle sans pudeur ni gêne.

Puis, elle alla ouvrir le coffre, en sortit son sac et remit sa robe, sans cesser de le couvrir d'un regard méprisant.

— Rappelle ton chauffeur. Je n'irai nulle part avec toi, conclut-elle en allant s'installer sur la banquette.

Elle claqua bruyamment la portière et regarda Raffaele appeler son employé, qui revint moins de deux minutes plus tard.

Choquée, bouleversée, ne comprenant plus ce qui lui arrivait, Coral refit le trajet en sens inverse, seule dans un jet de luxe auquel elle n'accorda pas un instant d'attention. À Londres, sur le tarmac du petit aéroport privé, elle fut accueillie par une voiture qui la déposa devant chez elle.

Jamais de sa vie elle n'avait été aussi déphasée que lorsqu'elle entra dans son petit studio d'Islington à 8 heures du matin. Son téléphone clignotait d'appels en absence et de messages, principalement de sa mère.

À 8 h 15, elle était endormie.

Coral se réveilla en début d'après-midi, et il lui fallut quelques heures pour trouver en elle la force d'envoyer par texto à Lynda un résumé des événements. Il était 18 h 30 quand elle s'y décida et, à 19 heures, sa mère se trouvait devant sa porte.

— Oh ! ma chérie ! s'exclama-t-elle en lui ouvrant les bras. Ma petite fille… Je suis désolée.

Coral l'embrassa tendrement.

— Non, maman, je t'en prie, ne sois pas désolée pour moi. Tout est ma faute. Je me suis comportée comme une idiote, et j'ai juste envie de laisser cet épisode derrière moi.

Sa mère secoua négativement la tête.

— J'aurais pu empêcher ça… Jamais cela n'aurait dû arriver ! Un nombre incalculable de fois, j'ai été tout près de te le dire, et puis je ne l'ai pas fait.

Coral soupira. Comme souvent, sa mère ressassait le passé, et ce qu'elle disait n'avait guère de sens.

— Viens t'installer, dit-elle en lui désignant le canapé. Nous allons en parler calmement. Tu as pris tes médicaments ?

— Tu crois que je déraisonne ? demanda sa mère. Qu'est-ce qu'il t'a raconté ? Il t'a dit des horreurs sur moi ?

— Mais qu'est-ce que tu racontes, maman… Tu divagues !

Lynda leva les yeux au ciel, s'assit et fit signe à sa fille de l'imiter.

— Je parle de Salvatore Di Visconti, lança-t-elle d'une voix claire. Je ne divague pas.

— Euh… En effet, je l'ai rencontré. Mais c'est l'autre, son frère adoptif, Raffaele qui… à qui j'ai eu affaire.

— Raffaele ? répéta sa mère, étonnée.

— Oui. J'étais censée me charger du reportage photographique de Salvatore et de Kyla, sa fiancée. C'est une longue histoire, mais en fin de compte ce projet est tombé à l'eau. J'ai quand même pu faire ma séance avec Kyla hier. Elle a été charmante… Et les hommes, odieux. Infects. Des individus cruels.

— Alors tu l'as rencontré. Et qu'est-ce que Salvatore t'a dit ?

Coral dévisagea attentivement sa mère. Son teint, d'ordinaire si pâle, diaphane, s'était coloré de rose.

— Je ne sais pas. Rien. Nous ne nous sommes pas très bien entendus. Je lui ai déplu au premier coup d'œil, je crois. Mais l'autre, Raffaele, maman, je…

— Évidemment, coupa Lynda. Il a dû être terrifié à la seconde où on lui a dit ton nom.

— Mon nom ?

Sa mère poussa un profond soupir avant de se prendre la tête dans les mains.

— Je regrette sincèrement que tu découvres les choses de cette façon, souffla-t-elle. Depuis toutes ces années, c'est de ça que je voulais te protéger… Et il a fallu que ça éclate ainsi.

— Que quoi éclate ? Je ne comprends rien à ce que tu racontes, opposa-t-elle, excédée.

— Pardonne-moi, Coral. Il n'y a pas d'autre façon de te le dire. Giancarlo Di Visconti était ton père. Salvatore est ton demi-frère.

— *Quoi* ?

Déjà, sa mère dodelinait de la tête, prostrée, comme

chaque fois qu'elle était trop bouleversée pour affronter la situation.

Coral resta bouche bée un long moment. Enfin, elle murmura, incrédule :

— Giancarlo Di Visconti était mon père ?

Les épaules de sa mère s'agitaient de sanglots. Coral la prit doucement dans ses bras pour la bercer. Puis, elle se leva.

— Il faut que j'aille m'allonger. Je me sens mal.

L'histoire avec Raffaele semblait aspirée derrière une porte, pendant que Coral tombait dans un nouveau monde parallèle. L'homme sans nom, le mystérieux inconnu, le fantôme qui la hantait depuis son enfance avait soudain une identité. Celle d'un père qu'elle ne connaîtrait jamais.

La tête enfouie dans son oreiller, elle ferma les yeux. Dans la cuisine, sa mère s'activait. La bouilloire siffla. Comme si un thé allait faire passer *ça* ! Elle avait presque envie de lui hurler de partir.

Pourquoi ne le lui avait-elle jamais dit ? Cette question résonnait et rebondissait dans sa tête, obsédante. Elle ne put que la laisser franchir le seuil de ses lèvres, dès que sa mère entra dans sa chambre, une tasse de thé à la main.

— Pourquoi, maman ? Pourquoi tu ne me l'as pas dit ? interrogea-t-elle avant de fondre en larmes.

— Crois-moi, Coral. J'étais persuadée que c'était la meilleure chose à faire.

Elle posa la tasse sur la table de chevet et s'assit au bord du lit.

— Quand je l'ai rencontré, il était marié. Je travaillais comme hôtesse de l'air dans son jet privé. Je venais tout juste d'arriver à Londres, et je suis tombée amoureuse de lui. Tout me plaisait chez lui. Il était beau, intelligent, élégant, cultivé… Ambitieux, aussi. Et charmant. Tout le monde l'aimait. Il avait une épouse et un enfant en bas âge, mais il était humain : il voyageait sans cesse, il était très seul. Je ne sais pas pourquoi il s'est mis à me courtiser… Et je n'ai pas su résister. Qui aurait pu ?

— *Toi*, tu aurais dû ! explosa Coral. *N'importe quelle femme* aurait résisté ! Doux Jésus, il était *marié* !

— Tu crois que je l'ignorais ? Est-ce que tu imagines combien j'avais honte ?

— Je ne veux pas le savoir. Cent fois, mille fois je t'ai demandé qui était mon père, et tu as refusé de me le dire. Est-ce que tu te rends compte de ce que j'ai souffert en ne sachant *strictement rien* de lui ? Je me demandais si j'avais ses yeux ou son nez, et tu ne m'autorisais même pas à formuler ces questions à voix haute ! Et maintenant, il est mort. C'est trop tard. Oh ! mon Dieu, je ne peux pas supporter tout ça.

C'était un cauchemar. Depuis toute petite, elle imaginait son père en prince charmant qui, un jour ou l'autre, finirait par revenir dans sa vie et l'emmener sur son cheval. En réalité, c'était un homme marié qui avait donné tout son amour à un autre enfant avant de mourir. Et elle, elle n'était pas née d'une magnifique idylle, oh non ! Juste d'une sale histoire d'adultère !

— Je ne voulais rien te dire parce que j'avais honte, reprit sa mère. Honte de ce que j'avais fait, et honte qu'il ne veuille pas de moi. Il a choisi sa famille. Quand je lui ai appris ma grossesse, il a répondu qu'il ne me croyait pas. Peux-tu te représenter ce que j'ai éprouvé ? Il jetait mon amour pour lui, il le traînait dans la boue. Pas seulement moi, mais mon enfant avec. Il a refusé de te reconnaître, et puis il m'a proposé de l'argent pour que je disparaisse.

— Pourquoi tu as refusé ? Au moins, nous n'aurions pas été pauvres ! s'écria Coral.

La douleur et la colère lui lacéraient le cœur. C'était tout ce que lui inspirait le récit de sa mère : du dégoût, et l'envie de renvoyer le mal qu'on lui faisait. C'était trop d'un coup… Beaucoup trop.

— Parce que j'étais fière ! répliqua Lynda. Tu ne comprends donc pas que je n'avais rien d'autre que ma fierté ? Que c'était tout ce qui me restait ? Pas de travail, pas d'avenir, rien d'autre qu'un bébé sans père… Je l'aimais de toute mon âme, et j'étais certaine qu'il allait revenir.

Coral revit défiler les années de pauvreté. Elle n'avait jamais eu de chambre à elle avant l'âge de douze ans. Pas une seule fois au cours de son enfance elle n'avait pu inviter ses amies. Sa mère était en pleurs du matin au soir, incapable de conserver le moindre job plus de quelques mois. Ses peintures ne se vendaient pas. Elle faisait des séjours réguliers à l'hôpital.

— Mais quand tu as voulu faire des études, poursuivit-elle, je n'ai pas hésité à aller le trouver. Enfin, j'ai essayé. Mais son fils, Salvatore, a fait barrage. Giancarlo était malade, on le veillait jalousement : impossible d'entrer directement en contact avec lui. Je n'ai pas eu la force de me battre, Coral.

Cette dernière soupira et considéra sa pauvre mère. Elle voyait une très jeune femme, seule et enceinte d'un homme qui refusait d'entendre parler de cet enfant. Malgré les difficultés, elle avait élevé sa petite fille, faisant de son mieux pour lui offrir une éducation décente. Pendant ce temps, la richesse opulente — insolente — des Di Visconti croissait chaque jour…

— Excuse-moi, dit-elle. J'ai besoin d'un peu de temps pour assimiler tout ça.

Elle serra brièvement la main de sa mère dans la sienne. Pour le moment, elle ne pouvait pas faire davantage.

— Je t'aime, Coral. S'il te plaît, ne doute jamais que j'ai toujours agi avec ton intérêt à cœur.

Elle esquissa un faible sourire.

— Je sais, maman.

# 8.

Après le départ de sa mère, Coral se plongea sombrement dans ses pensées. Des pensées qui filaient droit en direction de l'île Hydros. Le premier visage qui s'imposait à sa mémoire était celui d'un homme détestable. Son demi-frère. Elle se rappela sa grossièreté, ses manières brusques. Pourtant, cet homme-là avait tout : un yacht, une île privée, un jet, la richesse.

Et Raffaele…

Il l'avait rejetée. Oui, il l'avait congédiée avec la même violence que Giancarlo Di Visconti vis-à-vis de sa mère. Quelle ironie du destin ! Dire que, durant quelques heures, elle avait été accueillie le mieux du monde par la famille qui s'était donné tant de mal pour ne jamais entendre parler d'elle…

Elle n'était pas, elle ne serait jamais une Di Visconti. De cela, elle était certaine. Giancarlo n'était pas vraiment son père. Juste un géniteur. Un quidam qui avait mis sa mère enceinte. Car un père, pour un enfant, c'était avant tout un protecteur. Quelqu'un qui était là pour vous aimer et veiller sur votre bien-être.

Raffaele avait eu droit à cette faveur de la part de Giancarlo. Pas elle.

Malgré elle, elle se refit le film des derniers moments sur Hydros. Elle frémit en se rappelant la cruauté sans limite de Raffaele, lorsqu'il l'avait jetée dehors. S'était-il comporté ainsi parce qu'il venait de découvrir qui elle était ? Dans ce cas… c'était pire ! Et d'autant plus impardonnable.

Pour autant, elle avait été plus que stupide. En baissant sa garde, elle avait cédé à l'illusion du conte de fées. Comme s'il était possible d'atterrir sur une île de rêve et de séduire le roi, convoité par les plus belles femmes de la planète.

Pourquoi sentait-elle encore une telle douleur dans sa poitrine ? Était-ce qu'elle avait cru être heureuse auprès de lui, quand elle le voyait rire, quand elle était tout entière absorbée par le bleu méditerranéen de ses yeux ? Ou parce que, entre ses bras, sous ses baisers, elle s'était sentie très spéciale, privilégiée ? Parce que, entre eux, dans leurs chairs qui n'en faisaient plus qu'une, elle avait été certaine que naissait quelque chose d'unique ?

Coral pleura et dormit, pleura et dormit. Enfin, la nuit fit place au jour, et le quotidien fit son ouvrage. Durant les jours qui suivirent, elle se tint occupée. Quand elle ne servait pas au café, elle peaufinait son site Internet, mettait en ligne de nouvelles photos, et envoyait des candidatures par courrier électronique.

Elle reprit ses promenades dans des quartiers pittoresques de Londres où elle prenait en photo des adolescents, et elle commença un blog consacré à la jeunesse urbaine.

Mais au bout de quinze jours, elle dut reconnaître que ses efforts n'étaient guère couronnés de succès. Elle ne se sentait pas bien. Elle était vidée de son énergie et ce jour-là, tandis qu'elle rentrait chez elle et qu'une foule très dense la bousculait, elle se décida à écouter la petite voix qui la harcelait depuis quelque temps. Une petite voix répétant qu'une telle baisse de régime n'était pas normale. Qu'il était impossible qu'elle soit victime chaque matin de nausées ni que ses seins soient si douloureux *sans raison précise*.

Or, cette raison, il fallait qu'elle s'en occupe. Maintenant.

Elle poussa la porte d'une pharmacie, paya le test et le rangea dans son fourre-tout.

Une fois chez elle, elle alla directement s'installer dans la salle de bains. Ses doigts tremblaient quand elle rompit l'emballage en cellophane contenant l'instrument.

Enfin, elle prit une grande inspiration.

Il y avait deux choses que Raffaele détestait plus que tout : la lâcheté et la fainéantise.

Il ouvrit le message électronique de Salvatore et jeta un rapide coup d'œil aux photographies jointes. Elles représentaient le jeune couple en train de danser, de siroter des cocktails ou de bronzer sur une plage de sable blanc. Six mois de lune de miel dans le Pacifique, suivis d'une pendaison de crémaillère à dix millions de dollars la soirée, pour inaugurer leur nouvelle adresse à Sydney.

Il fronça les sourcils. Oui, déjà six mois ! Six longs mois que Coral Dahl ou Di Visconti était entrée et sortie de sa vie à la vitesse d'une étoile filante. Grâce à Salvatore.

Or, il n'avait même pas cherché à savoir si oui ou non il avait une demi-sœur. Sa seule préoccupation avait été de la tenir à l'écart de son compte en banque. Raffaele ne le réalisait que maintenant. Contrairement à ce qu'il prétendait sur le moment, protéger Kyla était le cadet de ses soucis. Et le mince cordon d'affection fraternelle que

Raffaele avait réussi à maintenir intact était en train de s'effilocher sous ses yeux.

Car le service de sécurité avait confirmé ce qu'ils savaient déjà. Lynda Dahl, jeune et ravissante artiste suédoise fraîchement débarquée en Angleterre, avait obtenu une position d'hôtesse pour le jet privé de Giancarlo, après avoir brièvement officié à bord d'un paquebot Argento. Les registres de la compagnie étaient formels. Il existait surtout de nombreuses photographies du personnel de l'époque où elle apparaissait, radieuse, charmante.

En revanche, aucun élément ne donnait une piste quant à l'identité du père de sa fille. Cette enfant, désormais adulte, travaillait en tant que serveuse dans un café d'Islington, à Londres, et sa carrière prometteuse en tant que photographe de mode ne semblait plus si prometteuse…

Raffaele avait tenté d'oublier toute cette histoire. Mais c'était trop grave, trop sérieux. Il se rendait compte que sa loyauté envers son père adoptif avait été aveugle. Aujourd'hui, débarrassé de ses illusions, il lui restait un goût amer dans la bouche. Giancarlo n'avait pas été l'époux et le père modèle qu'il imaginait. C'était un mari infidèle, et le comportement de son fils laissait quelques doutes sur ses qualités d'éducateur.

Si seulement il avait été libre de se dégager de tout ça, d'abandonner le business et la vie privée des Di Visconti aux Di Visconti ! Mais il était pieds et poings liés. Car il devait *tout* à Giancarlo. Par voie de conséquence, le lien qui l'attachait à Salvatore était plus fort que ceux du sang.

En outre, il se devait de chercher la vérité au sujet de Coral Dahl. La lâcheté et la fainéantise qu'il ne tolérait pas chez les autres commençaient à se dessiner chez lui en filigrane.

En dépit des accusations délirantes de Salvatore, il

refusait de croire que Mariella ou quiconque d'autre au magazine ait pu être mêlé à cette affaire. Le fait que Coral ait remporté la compétition était une pure coïncidence. C'était une excellente photographe, voilà tout.

Plus le temps passait, plus il était convaincu que le jour où elle avait atterri à Hydros, elle n'avait aucune autre intention que de lancer sa carrière. À dire vrai, il avait amplement eu l'occasion de se repasser le film de cette séquence, de se remémorer les paroles de la jeune femme. Ce qu'elle avait dit au sujet de Giancarlo. De sa mère. Sa volonté désespérée de la joindre. Sa résignation à ne pas connaître son père.

Eh bien, maintenant, elle devait savoir. Dès son retour, la clause de confidentialité avait sauté, et sa mère lui aurait enfin tout raconté. Ou peut-être pas… Après tout, la jeune femme n'avait pas cherché à le joindre. Étrange. Sa mère était endettée, et Coral gagnait trop peu d'argent en tant que serveuse pour financer des projets photographiques ambitieux.

Physiquement, elle avait quelque chose d'italien. Ce qui ne signifiait pas nécessairement qu'elle était une Di Visconti.

Raffaele poussa un long soupir. Qui que fût cette jeune femme, elle avait été merveilleuse. En un instant, elle avait su charmer Kyla et obtenir l'impossible. En couverture de *Heavenly*, n'importe lequel de ses clichés aurait engendré les meilleurs scores du magazine en six ans — mais il ne l'avait pas permis. Sans fournir de motif à personne, il avait recalé tout le reportage, y opposant son veto définitif.

Sa colère était telle, à ce moment-là… Il avait même interdit à Mariella de jamais recruter Coral Dahl une nouvelle fois et de faire en sorte que toute collaboration avec elle soit bloquée dans l'ensemble du groupe Romano.

Il l'avait rayée de la carte. Inscrite en *persona non grata*.

Mais s'il s'imaginait alors avoir mis le point final à cette histoire, il s'était lourdement trompé. Ni la jeune femme, ni la nuit qu'ils avaient passée ensemble ne s'étaient effacées de son esprit. Au contraire, il était hanté par son visage ingénu… et par une culpabilité croissante. Il devenait de plus en plus évident qu'il avait commis une grave, une très grave erreur.

Bien trop souvent, déjà, il avait écouté Salvatore, sachant qu'il arriverait un moment où cette docilité se retournerait contre lui. Il fallait bien que le bâton possède une mèche et qu'un jour, celle-ci s'embrase. Voilà : ce jour était arrivé. Et mieux valait préparer le terrain, maintenant que l'explosion était inévitable.

Sa décision était prise. Il irait à Londres lui-même.

Raffaele était installé dans la salle de rédaction de la plus petite, la dernière en date et très précieuse pierre de sa couronne, et il attendait. Il était presque 11 heures. Bientôt, le mystère serait enfin résolu.

Ou bien elle était la fille de Giancarlo, ou bien elle ne l'était pas. Soit elle engageait des poursuites pour récupérer sa part de l'héritage, soit elle s'en abstenait. Quoi qu'il en soit, il était prêt à pousser pour que la bataille commence. Il en avait assez d'attendre qu'elle consente à se manifester. Il n'était peut-être sûr de rien en ce bas-monde, sauf de ceci : il n'en avait pas terminé avec Coral Dahl.

Il se leva, se dirigea vers la petite machine à café, se fit couler un espresso et se posta devant la vitre depuis laquelle il dominait tout le rez-de-chaussée.

Durant la première partie de la matinée, la réunion avec l'ensemble de la rédaction lui avait permis de clarifier les choses, de rassurer tout le monde : le rachat du journal par Romano n'entraînerait guère de changements dans la ligne éditoriale, et chacun resterait à son poste, avec les mêmes responsabilités. Il tenait à préserver ce qui lui avait donné envie d'acquérir ce magazine, un hebdomadaire de bande dessinée qu'il lisait déjà goulûment quand il était petit garçon — qu'il se jetait à corps perdu dans l'imaginaire alors que son propre univers venait de voler en éclats.

Il avala une gorgée de café et contempla l'activité dans la grande salle au-dessous de lui. Les bureaux prenaient les couleurs de la lumière du dehors, les tons fanés du ciel de novembre. Devant les deux grands sofas vides de l'accueil étaient disposés les panneaux avec les illustrations de ses personnages favoris, Stefano et Petra accompagnés de leur fidèle berger allemand. Il revoyait encore la pile d'albums cachée sous son lit, se rappelait ces histoires qui lui servaient de refuge à l'heure où le monde extérieur lui semblait aussi hostile qu'incompréhensible.

S'il existait quelque part un petit garçon qui puiserait le même réconfort que lui dans cette lecture, la poursuite du magazine valait le coup. Dans la vie, tout ne se réduisait pas à l'argent. Les orphelins de huit ans avaient besoin de tout autre chose. Ce dont ils rêvaient, c'était de l'affection et de la sécurité dont ils manquaient si cruellement. Quand ils en étaient privés, ils se tournaient vers leur chien ou des bandes dessinées.

Aussi était-il déterminé à maintenir McIver Press à flot. Le personnel avait compris cela. D'une loyauté sans faille à leurs personnages, dotés d'un immense savoir-faire et d'un talent éprouvé, scénaristes et illustrateurs étaient prêts à tout pour offrir un avenir à leurs publications. Raffaele leur avait indiqué le prix à payer : ils avaient besoin d'attirer l'attention du public avec la présence hebdomadaire d'une célébrité dans leurs pages. Une nouvelle rubrique mettant à l'honneur une star. Au sein de l'équipe, tout le monde était partant pour tenter l'aventure, mais personne n'était armé pour assumer la mission. Il fallait recruter.

Et, constata-t-il en baissant les yeux, la personne idéale pour occuper ce poste était pile à l'heure. Il la regarda s'avancer vers la réceptionniste. Admira l'éclat de sa chevelure châtain qui cascadait sur ses épaules. Malgré lui, il sentit son rythme cardiaque s'accélérer.

Puis il l'étudia plus soigneusement. Quelque chose avait changé. La visiteuse ressemblait à Coral mais… Elle était plus forte. Et elle n'avait pas sa démarche. Cette femme… Oui, cette femme était enceinte.

Médusé, il vit Anna, la rédactrice en charge de l'illustration, aller à la rencontre de la jeune femme. Sourires, poignée de main… Puis, devant l'ascenseur, Anna s'écarta et laissa la visiteuse la précéder.

Elle ôta son imperméable et le tint plié sur son bras. C'était bien Coral. Il reconnut également le grand sac en cuir dont elle se servait comme portfolio. Quelque chose se noua en lui. Bon sang, il se doutait bien qu'elle n'allait pas se faire bonne sœur après leur séparation, mais il ne s'attendait vraiment pas à la retrouver si vite enceinte d'un nouveau compagnon. Agacé par sa propre réaction, il refoula ses sentiments. Bien. Elle était sans doute même mariée. Et alors ?

Il reprit contenance afin de sourire avec fermeté quand sa collaboratrice traversa l'étage, Coral sur les talons.

— Je vous remercie, dit-il en souriant à Anna dès que les deux femmes furent dans la pièce. Je prends le relais.

Visiblement stupéfaite, la jeune femme serra la bandoulière de son énorme sac, comme par réflexe, dès qu'elle le reconnut. Un mouvement discret, qui révéla la rondeur de son ventre.

Dès que la rédactrice ferma la porte derrière elle, il lança :

— Bonjour, Coral.

— Qu'est-ce que cela signifie ? C'est une plaisanterie ? interrogea-t-elle, sur la défensive.

Il se contenta de secouer la tête en signe de dénégation, tout en la fixant attentivement. Même dans des vêtements d'occasion, elle était sublime. Une lumière indéfinissable rendait son teint radieux, son visage arrondi semblait plus doux encore qu'auparavant.

— Pas du tout, dit-il. Nous relançons ce magazine, et j'ai été très intéressé par ton CV.

Elle lui décocha un regard soupçonneux.

— Je suppose que c'est toi qui as eu cette idée d'entretien ? Et que le journal t'appartient ?

Comme elle posait ses mains sur ses hanches, ne cherchant en rien à lui dissimuler son ventre, il acquiesça.

— Oui. Il y a du neuf dans ta vie comme dans la mienne, à ce que je vois…

— Je ne suis pas venue ici pour parler de l'actualité avec toi, Raffaele ! s'offusqua-t-elle. Qu'est-ce que tu mijotes ? Si c'est une nouvelle manœuvre pour m'humilier, tu es encore plus malade que je ne le croyais !

— Bon. J'accepte de prendre le coup. Je l'ai probablement mérité.

— Et moi je ne mérite pas de respirer le même air que toi, rétorqua-t-elle, déjà prête à tourner les talons.

— Je te présente mes excuses, déclara-t-il sur-le-champ. Jamais je n'aurais dû te demander de quitter Hydros comme je l'ai fait.

— Excuses refusées. Ta parole n'a plus aucune valeur

à mes yeux, désormais. En fait, je suppose que la seule raison pour laquelle nous avons cette conversation, c'est parce que tu sais qui était mon père.

— Ah ? Qui ? demanda-t-il très bas.

— Tu le sais mieux que moi !

Il fit quelques pas dans la salle.

— Et… tu savais que tu étais la fille de Giancarlo quand tu as concouru pour *Heavenly* ?

Elle haussa les épaules.

— Quelle différence ça ferait ? opposa-t-elle.

— Aucune. Tu as raison.

Elle lui décocha le genre de coup d'œil qui aurait terrifié n'importe qui, et à cet instant, Raffaele n'eut plus aucun doute. Cette façon de se tenir bien droite, telle une lionne, sûre d'elle. Cette fierté farouche dans le menton… Ce n'était pas tant dans la forme de son visage qu'il retrouvait Giancarlo. Mais ce feu, ce cran, cette personnalité ! Oh oui, elle était bien sa fille.

Il déglutit avec peine et murmura :

— Félicitations. À combien en es-tu ?

La réaction fut vive, fugace ; et cependant éloquente. Il la vit détourner brièvement les yeux. Ses joues rosirent. Un léger tremblement agita ses lèvres, comme si elle hésitait.

La robe en laine qu'elle portait avait beau être informe, il semblait évident que la grossesse était bien avancée.

Non… Non, une seconde ! Elle n'était pas *enceinte de six mois* ? Enceinte *de*… Elle avait dit qu'elle se protégeait ! Il n'avait pas rêvé ?

# 9.

Raffaele ferma un instant les yeux. Il rêvait peut-être. Mais il allait crever l'abcès immédiatement.

— Coral… *Est-ce mon enfant que tu portes* ? demanda-t-il, parvenant à peine à croire qu'il prononçait ces mots.

Des mots qui sortaient de sa bouche comme étouffés par le choc, la peur, l'expectative.

Durant une fraction de seconde, elle reporta son regard sur lui avant de détourner une nouvelle fois les yeux.

— Réponds-moi, insista-t-il.

Le visage fermé en signe de défi, elle resta un instant face à lui, obstinément mutique. Enfin, elle céda.

— Oui.

Oui ? *Oui* ? Il sentit ses entrailles remonter le long de son œsophage.

— Tu n'as pas pris de précautions ? lâcha-t-il, sidéré.

Cette remarque parut lui déplaire. Elle avança d'un pas, furieuse, et s'exclama :

— Moi ? Tu veux dire que *toi* tu n'as pris aucune précaution ! Ce n'est pas moi qui avais la réputation d'un séducteur patenté !

— Mais… Tu as dit que tu te protégeais, se défendit-il.

— Quel culot ! rétorqua-t-elle. Tu oses me faire des reproches ? C'est toi qui m'as mise enceinte, pas l'inverse !

— Comment aurais-je pu deviner que je te mettais

enceinte puisque tu as dit que tu te protégeais ! protesta-t-il en s'efforçant de rester calme, malgré la rage blanche qu'il sentait monter en lui. Pour l'amour du ciel, si j'avais su que…

— Mais c'est arrivé, martela-t-elle en haussant la voix. Et rien de ce que tu pourras dire n'y changera quoi que ce soit. Accable-moi de reproches si cela te fait plaisir. De ta part, je n'attendais pas autre chose. Et maintenant, je m'en vais. Cette conversation ne mène nulle part.

Raffaele tourna la tête vers la porte. Elle était fermée mais, par la vitre, il voyait une bonne douzaine de paires d'yeux s'arrondir et lorgner dans leur direction. Le nouveau patron et la candidate enceinte avaient un entretien bien peu orthodoxe.

— Crois-moi, répliqua-t-il, cette conversation va mener quelque part. Donne-moi ton sac. Je t'emmène chez moi.

— Tu es fou ?

— Donne-moi ton sac et sortons calmement de cet immeuble. Ma voiture est garée juste en bas. Il n'est pas question que je discute de ma vie privée aux yeux de tout ce monde.

Coral reprit le portfolio qu'elle avait posé sur un siège et le passa sur son épaule avant d'attraper son imperméable.

— Je t'appellerai quand je serai prête à parler avec toi, lâcha-t-elle.

Il fronça les sourcils.

— Il n'en est pas question. Nous allons parler maintenant, parce que je n'ai pas l'habitude de fuir les problèmes.

— Tu vois ? C'est exactement à cause de ce que tu viens de dire que je refuse de discuter. Mon enfant n'est pas un « problème » ! Et je ne te permettrai pas non plus de dire de lui qu'il est indésirable. Moi, je le veux. Et c'est tout ce qui compte.

— Je t'en prie moins fort ! plaida-t-il.

— Je n'ai pas d'ordre à recevoir de ta part ! riposta-t-elle.

Elle était devenue écarlate. Raffaele prit une longue inspiration pour recouvrer son calme.

— Ce que j'essaie simplement de te dire, articula-t-il lentement, c'est que j'ai la ferme intention d'honorer mes responsabilités. Je ne vais pas me défiler. Tu n'es pas seule.

— Ah oui ? Eh bien, excuse-moi si j'étais parvenue à une autre conclusion, railla-t-elle. Je ne vois vraiment pas ce qui a pu m'induire en erreur ! D'autant plus que, en la matière, ta famille est pourrie jusqu'à la moelle.

— *Ta* famille, tu veux dire. Ce qu'un test ADN confirmera sans difficulté. En ce qui me concerne, je ne suis qu'une pièce rapportée via un morceau de papier.

— Comment ça, un test ADN ? Il n'en est pas question. Je n'ai rien à prouver à qui que ce soit.

À ces mots, il sentit sa colère refaire surface.

— Bien sûr que si, et tu feras *deux* tests, je te prie de le croire. Un pour toi, et un pour le bébé. Ensuite, je prendrai les initiatives nécessaires. Tu ne m'as même pas fait savoir que tu étais enceinte ! Tu as déjà démontré que tu étais indigne de toute confiance, alors tu ferais bien de te préparer au pire, parce que j'irai jusqu'au tribunal. Je ne suis pas Giancarlo Di Visconti, *cara*. Je suis un Rossini ! Et si cet enfant est le mien, j'ai la ferme intention de lui transmettre mon nom. *Capisce* ?

La jeune femme avait pâli.

— Comment cela ? s'enquit-elle d'une voix chevrotante. Qu'est-ce que tu es en train de dire ?

— Je dis que tu ne t'en iras pas avant que j'aie la certitude que ce bébé est de moi. Et si c'est le cas, il bénéficiera de l'éducation digne d'un Rossini. Il n'est pas question que je l'abandonne à une vie bohème de misère pendant que tu serviras des cafés.

— Malheureusement, il n'y a pas besoin de test ! J'ai pleinement conscience que mon enfant a été engendré par le pire salaud qui soit sur terre. Il n'a pas besoin d'un père pareil !

Ulcéré, il serra la mâchoire pour ne pas répondre. Se rendait-elle compte de ce qu'elle disait ? Elle racontait vraiment n'importe quoi ! Ignorait-elle que le rôle d'un père était de protéger son épouse et son enfant ? Avait-elle conscience qu'elle pénétrait dans un nouveau monde, en tant que Di Visconti enceinte d'un Rossini ? En Italie, les médias allaient devenir fous en apprenant la nouvelle. Ce serait l'hystérie. Quant à Salvatore…

Il était impératif de reprendre le contrôle de la situation. S'il était démontré qu'il était le père, sa vie aller changer radicalement à compter de cet instant. Et pour toujours.

Il releva les yeux vers elle, et elle soutint son regard avec audace. Fière, féminine, sublime. Et tellement vulnérable. Elle trahissait cette vulnérabilité au tremblement de sa lèvre, à la lueur d'angoisse dans son regard d'un vert orage.

Pourtant, elle n'avait plus rien à redouter, désormais. Il y veillerait personnellement. Il était prêt à tout sacrifier pour son enfant, mais… Il voulait en être sûr.

Lentement, il avança vers elle et riva son regard au sien. Puis, il demanda très bas :

— Est-ce que ce bébé est *le mien*, Coral ?

Une longue seconde s'écoula. Soudain, les yeux de la jeune femme s'emplirent de larmes.

— Oui, lâcha-t-elle dans un sanglot. Oui ! Et je n'ai rien fait de mal. C'est toi qui m'as jetée hors de ta maison comme si j'étais la dernière des traînées. Tu es ignoble !

Ces mots, trop longtemps ravalés, sortaient hachés de

sa bouche, comme s'ils provenaient tout droit de son cœur en lambeaux. Ses yeux lançaient des éclairs. Ses lèvres étaient devenues pourpres, sa peau très pâle.

— Je regrette tellement, Coral. Je sais que ce qui s'est passé a été affreux. Je te jure que je ferais les choses bien autrement si je pouvais remonter le temps... Nous avons cru que tu avais ourdi un plan, que c'était une sorte de guet-apens. Salvatore était terrifié à l'idée que tu le fasses chanter et que tu ruines son mariage. Il se méfie de tout le monde, et je l'ai cru sur parole. J'aurais dû me montrer moins crédule, et je n'ai cessé de le regretter depuis.

— Mais... Tu as été tellement dur ! Tellement *cruel* ! Tu m'as obligée à te détester.

— Je le sais, chuchota-t-il en l'attirant doucement contre lui pour la bercer dans ses bras.

Il la tint ainsi tandis qu'elle pleurait à chaudes larmes en répétant qu'elle le détestait, d'une voix brisée. Sans mot dire, caressant ses cheveux d'un geste aussi délicat que possible, il l'invitait à laisser s'exprimer la douleur à travers ses sanglots saccadés. Peu à peu, le chagrin s'apaisa. Elle avait niché son visage au creux de son cou, et elle releva lentement la tête. À l'instant où ses lèvres effleurèrent sa peau, il se pencha pour les happer d'un baiser tendre et consolateur. Un baiser affamé, aussi, qui voulait dévorer ses angoisses afin de les dissiper à jamais.

Dans ses veines, il sentit un élan protecteur se mêler à son désir. Cette femme était si spéciale... Il l'avait compris le jour de leur rencontre, et il en était encore plus persuadé maintenant. D'un geste possessif, il la serra plus étroitement contre lui, savourant la générosité de ses formes, la douceur de ce corps où grandissait un enfant.

Elle répondait voluptueusement à son étreinte, et il

enroulait encore sa langue autour de la sienne quand soudain elle le repoussa avec force.

— Ne t'approche plus de moi ! avertit-elle.

Tout en reprenant sa respiration, elle recula d'un pas.

— Coral, tu n'as aucune raison de te battre contre moi, assura-t-il. Je vais t'aider. Tu auras tout ce dont tu as besoin.

— Non, non ! Je ne veux rien de toi, rien de ta famille. Tu m'as jetée dehors et tout à coup tu veux revenir dans ma vie ? Pendant que tu refusais de savoir, ma mère se tuait pour ramener de quoi manger… et *maintenant*, la vérité t'intéresse ? Non. Pas question.

Elle se jeta sur son imper et sur son sac, mais il se plaqua contre la porte pour l'empêcher de sortir. Il comprenait sa douleur. Son ressentiment. Mais il ne lui permettrait pas de s'enfuir.

— C'est fini, Coral, déclara-t-il. Tu as de bonnes raisons d'en vouloir à ton père, mais cela ne te donne pas le droit de te défouler sur moi. Oui, je t'ai fort mal traitée, je le reconnais. J'ai commis une terrible erreur, mais je te promets que je vais me racheter.

À son grand étonnement, alors qu'il s'attendait à ce qu'elle lui résiste encore, elle ne broncha pas. Les larmes lui remontaient aux yeux. En une seconde, elles se mirent à rouler, en silence, sur ses joues.

— Je vais te faire un thé, suggéra-t-il en se dirigeant vers la machine. Tu veux passer un coup de fil ? À ta mère, peut-être ?

Elle fit non de la tête et continua à pleurer.

Lentement, il retourna vers elle et passa son bras autour de ses épaules.

— Tu peux m'ignorer, mais pas lui…

Il posa délicatement sa main sur son ventre.

— Les spécialistes sont hors de prix, sans une bonne assurance, enchaîna-t-il. Je suis certain que je pourrais nous obtenir un rendez-vous aujourd'hui avec le meilleur obstétricien de Londres. Tu ne veux pas que nous allions ensemble nous assurer que tout va bien ? Ma voiture est en bas.

À travers le rideau de larmes qui lui brouillait la vue, elle lui décocha un coup d'œil méfiant.

— Ne crois pas que tout est réglé, Raffaele. Je viens parce que je n'ai pas vraiment le choix. *Capisce* ?

Il ne put réprimer un sourire.

C'était un début. Il n'était pas naïf : il savait qu'il faudrait du temps. Elle s'imaginait sans doute que les pères étaient des personnages secondaires, voire des figurants dans la vie d'un enfant. Après ce qui lui était arrivé, c'était compréhensible. Mais il ne renoncerait pas. Sa présence auprès de son bébé n'était pas négociable.

Car ce petit aurait besoin de lui, et il serait là. Chaque jour, sans exception.

Le médecin ferma sa mallette. Il se releva en souriant, prononça encore quelques paroles d'encouragement et sortit. Les yeux fermés, Coral écouta les pas s'éloigner de la chambre.

Allongée sur le dos, elle posa les deux mains sur son ventre et sourit. Elle sentait son bébé bouger. Son petit garçon ! Une vague de joie emplit son cœur au souvenir de tout ce qu'elle avait vu sur l'écran pendant l'échographie. D'abord un petit pied parfaitement formé, avec tous ses orteils, puis un genou, des épaules. Il enroulait ses bras autour de lui et avait les yeux fermés.

C'était le moment où Raffaele avait pris sa main dans

la sienne. Avec une émotion vive, inattendue. Presque comme s'il tenait à elle.

Oh, naturellement, ce n'était pas le cas. Elle savait bien que ce n'était pas par tendresse pour elle qu'il avait ordonné à sa secrétaire de « mettre le reste de la semaine en stand-by ». C'était seulement par devoir, parce qu'elle était la fille de Giancarlo. Que Giancarlo était mort, qu'il ne pourrait jamais réparer sa faute, et que cette tâche incombait désormais à son fidèle lieutenant.

La seule chose qu'elle ne s'expliquait pas, c'était l'intérêt manifeste qu'il portait au bébé. Pas une seconde elle ne s'était attendue à ce qu'il réagisse ainsi.

Elle ouvrit les yeux et regarda la tapisserie accrochée au mur, face à elle. Cette chambre était magnifique. Elle était couchée dans un lit digne d'une reine, au milieu de coussins de soie et d'oreillers extraordinairement moelleux, sur un matelas plus luxueux que ceux des palaces.

Un silence surnaturel régnait dans cette maison de Regent's Park, le cœur de Londres. Les fenêtres donnaient sur d'immenses jardins privés, avec des arbres centenaires visités par les plus beaux oiseaux de la ville. Chaque salle était baignée de lumière, meublée de pièces d'exception et de tapis persans. Ici, il faisait frais l'été, bien chaud durant l'hiver. N'importe qui aurait trouvé la paix, le bonheur, l'harmonie dans un endroit pareil. Il y avait même de ravissants bouquets de lilas qui embaumaient l'atmosphère.

Coral avait passé toute sa jeunesse dans un minuscule appartement. C'était sombre et triste. Loin de tout. Bruyant. Dès les premiers frimas d'octobre, elle grelottait, et l'humidité rendait les lieux suffocants à la moindre poussée de chaleur.

Raffaele apparut soudain dans l'encadrement de la porte.

— Je viens de raccompagner le docteur. Selon lui, tout se passe à merveille.

Cette voix chaude. Cet irrésistible accent italien. Ce timbre énigmatique. Refusant de se laisser séduire, elle poussa un soupir agacé.

— Tu sais, Raffaele, nous autres mortels, il nous arrive de consulter des médecins. Je pouvais très bien attendre la visite prénatale prévue d'ici un mois.

— J'ai imprimé les photos du *bambino*, répondit-il, tout sourire, indifférent à ses remontrances.

Elle jeta un nouveau coup d'œil par la fenêtre et contempla la cime d'un arbre. Le genre d'arbre sur lequel un petit garçon serait heureux de grimper…

— Tu as grandi ici ? interrogea-t-elle. Enfin, vous : toi et Salvatore ?

Il parut hésiter un instant.

— Pas Salvatore, non. Cette maison appartenait à ma mère. J'en ai hérité à l'âge de vingt et un ans. Quand j'étais enfant, nous passions presque toute l'année dans la villa de Rome, mais nous avons toujours fêté Noël ici, à Londres. Pourquoi cette question ?

Coral se redressa sur le lit. En toute franchise, elle répondit :

— Je viens juste de réaliser que nous avons grandi à quelques kilomètres l'un de l'autre. J'habitais de l'autre côté de la ville. Nous avons eu des vies bien différentes.

Elle n'avait pas l'intention d'exprimer la moindre amertume, mais elle s'aperçut que ses paroles résonnaient avec dureté.

— J'entends parfaitement ton propos, *cara*. Et je suis le premier à reconnaître que j'ai été très privilégié. Mais est-ce que j'aurais préféré avoir mon vrai père et ma vraie mère auprès de moi, et vivre dans la pauvreté ? Oh oui, sans hésiter.

La justesse de cette remarque la frappa en plein cœur.

— Je regrette, dit-elle. Ce n'est pas du tout ce que je voulais dire. Je ne me rendais pas compte. Naturellement, tes parents ont dû cruellement te manquer.

— Chaque jour, renchérit-il en fixant un fauteuil, comme s'il s'attendait encore à y voir apparaître un fantôme.

Elle sentit son cœur se serrer.

— Les enfants ont besoin de leurs parents de la même façon que les parents ont besoin de leurs enfants, observa-t-il en lui coulant un regard explicite. Nous devons être présents à chaque instant, afin de les protéger, et de leur transmettre un sentiment de sécurité. Il est profondément injuste de vouloir empêcher un père d'assumer son devoir.

— Je n'ai jamais voulu te priver de tes droits et te tenir à l'écart, plaida-t-elle. Je pensais que tu ne tenais pas à savoir.

— Mais tu ne m'as guère donné le choix, répliqua-t-il.

Pour la première fois, elle réalisa qu'il avait raison. Elle déglutit péniblement.

— Je l'aurais fait, insista-t-elle.

— Quand ? Après sa naissance ? Pour ses premiers pas ? À sa sortie de l'université ? Quelle part de la vie de mon fils te semblait-il raisonnable de me retirer ?

Coral ferma les yeux et se mordit la lèvre. Comment avait-elle pu manquer à ce point de jugement ? Jamais elle n'avait tenté d'envisager la situation de son point de vue, et elle avait même ignoré la petite voix qui, du fond de sa raison, la suppliait de le faire.

— Ce n'est pas cela, murmura-t-elle. Tu m'as jetée dehors. Les Di Visconti n'ont jamais voulu savoir que j'existais, et...

Il leva une main pour l'interrompre.

— Je n'ai aucune intention de mener une guerre, *cara*. Le bébé va bien, grâce au Ciel, et à partir de maintenant, nous allons nous concentrer sur l'avenir. Je veux que tu me dises de quoi tu as besoin. Ou de qui. Ta mère ? Veux-tu que je l'envoie chercher ?

— Non ! Pas encore, dit-elle en secouant vigoureusement la tête.

Impossible de mettre Lynda au courant de la situation tout de suite. Si elle savait que sa fille se trouvait auprès du milliardaire italien dans cette splendide maison de Regent's Park… Les idées les plus folles lui viendraient en tête, elle fantasmerait sur un mariage en grande pompe, elle entendrait des violons. Sa mère avait entièrement gâché sa vie à rêver de châteaux et de princes charmants.

— Dans ce cas, nous devrions partir pour Hydros immédiatement, répondit-il.

Coral se retourna brutalement vers lui, sidérée.

— Quoi ? Hydros ? Pourquoi aurais-je envie d'aller là-bas ? Je ne veux pas de vacances. Je veux travailler.

— Nous ne partons pas en vacances. Nous allons là où la presse ne pourra pas nous poursuivre, parce que nous avons un problème familial à régler. Demain, nous aurons les résultats du test ADN et nous pourrons préparer l'avenir. Par ailleurs, Salvatore doit revenir sur Hydros. Il me paraît judicieux de le retrouver sur place et de faire le second test. Sauf si tu préfères t'envoler pour Sydney ?

Coral fronça les sourcils.

— Une minute. Tu vas beaucoup trop vite, Raffaele. Je ne tiens pas du tout à revoir Salvatore. Rassure-toi, je comprends que tu aies besoin d'un test et si j'étais à ta place, dans ta position, je souhaiterais avoir la certitude que ce bébé est le mien. Jusque-là, je te suis, et je suis également d'accord pour empêcher les médias de s'emparer de l'affaire. Mais je te l'ai dit, je refuse de prouver à qui que ce soit que je suis une Di Visconti. C'est d'ailleurs le cadet de mes soucis. Je suis fière d'être Coral Dahl.

— Ne sois pas si naïve, soupira-t-il. Tu ne crois quand même pas que les choses vont en rester là ? Bon sang, tu es la fille de Giancarlo Di Visconti ! Tu n'allais pas continuer à faire la serveuse dans un café ! Et maintenant, tu es enceinte ! Ne compte pas sur moi pour faire l'autruche. Ce qui s'est passé est grave. La façon dont ta mère a été traitée est inadmissible. Je sais qu'elle est endettée. Je sais dans quelles conditions tu as grandi. Coral, je suis au courant de tout. Et cela m'étonne beaucoup que tu ne tiennes pas à obtenir réparation. D'autant plus que cette histoire n'est plus seulement la tienne.

— Il se trouve que si, opposa-t-elle. C'est à moi seule de prendre la décision. Ces gens-là n'ont pas voulu de moi. Eh bien tu sais quoi ? Je ne veux pas d'eux non plus.

Raffaele resta un instant silencieux. Puis, il s'assit près d'elle et arrima son regard au sien.

— Comme je te l'ai dit, je ne souhaite pas livrer bataille contre toi. Nous avons tous deux commis des erreurs. Cette affaire est très sérieuse. Tu as des responsabilités, désormais, et ton enfant mérite d'avoir ce dont tu as été privée.

Elle réfléchit. Elle n'aimait pas qu'il la culpabilise vis-à-vis de son fils. C'était malhonnête.

— On peut vivre une enfance heureuse sans avoir beaucoup d'argent, observa-t-elle.

— Certes. Mais une mère qui ne se réveille pas la nuit parce qu'elle ne craint pas les fins de mois difficiles, ou une mère épanouie parce qu'elle fait de la photographie au lieu de servir dans des bars, c'est aussi un gage de bonheur pour un enfant. Et puis, dans le second scénario où je suis bien le père de cet enfant, il est hors de question que je laisse mon fils manquer de quoi que ce soit. Assez discuté. Tu vas aller t'acheter des vêtements convenables dans un magasin spécialisé, puis nous partirons pour Hydros. Tu es prête ?

— Non, je ne suis pas prête ! *Non*, je ne vais pas acheter des vêtements parce que tu juges que les miens ne sont pas « convenables ». La seule raison pour laquelle je me trouve ici, c'est ton test de paternité. Dès que ce sera fait, je retournerai à *ma* vie, dans *mes* vêtements, que cela te plaise ou non. Ensuite, tu pourras choisir de me donner ce travail chez MacIver ou de me laisser continuer à être serveuse. Je n'ai pas besoin de ta charité !

C'était un mensonge. Elle avait absolument besoin de ce travail. Elle ne pouvait pas nier que sa vie de mère célibataire serait très rude, si elle ne pouvait compter que sur ses revenus de serveuse. Sa mère n'avait pas un sou. Elle n'avait pas d'autre famille. Le destin qui se dessinait était effrayant.

Et Raffaele lui faisait miroiter une vie de confort. En tant que père, il s'investirait dans la vie et l'éducation de son fils. Cela changeait tout.

— *Cara*, je t'en prie, cesse de te battre contre moi, demanda-t-il doucement.

Elle frémit. Son parfum caressait ses narines, la chaleur de son souffle l'ensorcelait.

— Je t'assure que tout pourrait bien se passer, susurra-t-il. Tu te rappelles comme c'était bon, quand tu as cessé de me repousser ?

Coral sentit sa température grimper de quelques degrés.

— Tu as oublié quand tu m'as supplié de te prendre ?

ajouta-t-il très bas, ses lèvres effleurant son cou d'une traînée brûlante.

Des frissons la parcouraient. Elle tourna vers lui un regard embué, et ne fit rien pour l'empêcher de l'embrasser. Fermant les yeux, elle savoura le contact de ces lèvres dont elle avait rêvé cent fois… Ces lèvres fermes et douces.

Son cœur chavira. Glissant ses bras autour de son cou, elle lui rendit passionnément son baiser.

# 10.

Une minute s'écoula. Puis une autre. En sueur, Raffaele écouta son souffle s'apaiser, peu à peu. D'ordinaire, il ne restait jamais auprès d'une femme après avoir fait l'amour, mais il avait envie de la serrer contre lui, de savourer l'extraordinaire sensation de bien-être qui se répandait en lui.

Ce qu'ils venaient de vivre était… divin. Hors du commun. Avec cette femme, le sexe était tellement différent ! C'était comme de dompter une tigresse. La façon dont elle le regardait au moment où il la pénétrait était infiniment plus émouvante que toutes les déclarations d'amour qu'il avait entendues au fil des ans.

Dans un geste presque cérémonieux, il posa la main sur son ventre et caressa sa peau si fine.

— Tu crois qu'il va bien, là-dedans ? demanda-t-il.

Elle s'écarta sensiblement.

— Bien sûr, dit-elle.

Comme elle se libérait de son étreinte, il s'enquit avec inquiétude :

— Il y a un problème ?

— Non, ça va, répondit-elle en se relevant.

Aussi belle qu'une Vénus de Milo, elle se dirigea vers la salle de bains attenante.

— Je vais prendre une douche, dit-elle avant de fermer la porte derrière elle.

Raffaele s'étira voluptueusement et cala un oreiller sous sa nuque, songeant à ce qu'ils venaient de faire. Cela avait été très différent de leur première étreinte à Hydros. Cette fois, ils avaient pris tout leur temps. Un sourire lui vint aux lèvres à l'idée de recommencer. Il était déjà prêt...

Hydros attendrait vingt-quatre heures !

Il se leva. Dans la salle de bains, le jet de la douche coulait. Il frappa, puis entra. Mais au lieu de trouver sa merveilleuse déesse trempée dans la cabine et débordant de désir, il la vit postée devant le miroir du lavabo, une expression fermée sur le visage.

— Je n'en ai pas pour longtemps, lâcha-t-elle d'un ton sec, lui faisant clairement comprendre qu'elle souhaitait rester seule.

— Tu ne te sens pas bien ? Tu es malade ?

— Je vais parfaitement bien. Merci.

Raffaele resta interloqué. Quelques minutes plus tôt, elle criait de plaisir dans ses bras, abandonnée, heureuse... Que s'était-il passé ?

— Je... Je te laisse, conclut-il. À tout à l'heure.

Voilà. Bon débarras. Il n'avait qu'à disparaître, avec son corps de dieu romain et sa virilité débridée. Disparaître et la laisser tranquille.

Coral poussa un long soupir. Dès qu'il fut parti, elle se glissa sous la douche et commença à se laver les cheveux. Ses gestes étaient nerveux, son irritation croissante, et elle sentit la mousse lui couler dans les yeux. Furieuse, elle tendit son visage vers le jet. Pourquoi s'était-elle laissé faire ? Ne retenait-elle donc jamais une leçon ? Durant un instant, elle s'était bercée de l'espoir qu'il tenait à elle. Quelle idiote ! Il voulait seulement l'amadouer parce qu'elle portait son enfant. Maintenant, elle se sentait profondément humiliée. Il lui avait donné du plaisir. Elle avait même connu, entre ses bras, tout à l'heure, l'orgasme le plus puissant de toute sa vie.

Déprimée, elle sortit de la cabine, enroula une serviette autour de ses cheveux et revint dans la chambre. Au pied du lit, sur l'épais tapis persan, à côté d'un coussin de soie brodée, tombé du matelas, elle trouva sa robe. Cette vilaine robe en laine, ainsi que ses vieilles boots. « Tu vas aller t'acheter des vêtements convenables… » Coral déglutit péniblement.

Il avait peut-être raison. Sans doute était-il temps de reprendre sa vie en main. Depuis six mois, elle était devenue quelqu'un d'autre, tirant un trait sur ses ambitions artistiques, se privant de toute vie sociale, s'enfermant dans sa coquille. Cette Coral se complaisait sans doute un peu trop dans son rôle de perdante. Voulait-elle continuer à se vêtir dans des friperies de seconde zone et à compter chaque sou pour pouvoir se payer une carte de transports en commun, pendant que son demi-frère et le père de son enfant passaient d'un palace à l'autre en jet privé ?

Quel genre d'imbécile acceptait ça ? Plus elle. Plus maintenant. C'était fini.

Elle balaya la chambre du regard et sourit. Elle allait redevenir elle-même. Une battante. Une femme qui faisait valoir ses droits. Or, elle disposait virtuellement d'une fortune fabuleuse.

La maison dans laquelle elle se trouvait appartenait à un Rossini, mais les Di Visconti disposaient de propriétés semblables partout dans le monde. Et d'une flotte de paquebots de croisière. Du moins, à sa connaissance, car le patrimoine de son géniteur pouvait comprendre encore beaucoup de choses.

Pour sa part, elle avait grandi dans la privation, mais il était hors de question que son fils ne bénéficie pas de tout ce qui lui revenait de plein droit ! Elle voulait le rendre fier d'elle. Ce qui signifiait qu'elle allait commencer par lui offrir des conditions de vie optimales, afin qu'il ait une enfance joyeuse et sécurisée.

Dans un endroit du style de cette maison.

Elle contempla les meubles anciens. Des meubles qui étaient sans doute là depuis plusieurs générations. Qui avaient vu les membres de la famille Rossini jouer, rire, souffrir, aimer, se marier, divorcer…

Elle ne voulait pas que l'équilibre de son enfant, que son confort matériel, ses frais de scolarité et ses loisirs dépendent exclusivement de son père. De toute façon, même si Raffaele prétendait aujourd'hui qu'il comptait peser dans la vie de son fils, quel crédit pouvait-elle accorder à ce discours ? Qu'est-ce qui lui garantissait qu'il ne se détournerait jamais d'elle et de leur enfant ?

Soudain, elle sentit en elle une douleur qui avait dû être celle de sa mère. La douleur d'une femme qui veut par-dessus tout protéger son enfant, et qui lutte contre vents et marées. Combien de fois Lynda avait-elle écrit à Giancarlo, en le suppliant de revenir, d'être là pour elle et leur fille ?

Coral ôta la serviette de ses cheveux. Elle n'en passerait pas par ce supplice. Oh non, un seul homme ne détiendrait pas la clé de son bonheur et de celui de son enfant ! Il était grand temps de cesser de s'abriter derrière un honneur outragé. Giancarlo Di Visconti avait fait un choix. Mais la loi protégeait les enfants illégitimes. Coral avait des droits. Il n'était pas trop tard pour les faire valoir.

Profondément déstabilisé par l'attitude de Coral, Raffaele avait réfléchi. Et il avait compris. La jeune femme qu'il venait de retrouver n'était pas seulement une splendide tigresse. Jamais il n'oublierait le regard qu'il avait surpris, dans le miroir de la salle de bains. Celui d'une fillette sans défense. Une enfant sans père, livrée à une mère dépressive et à un quotidien misérable. Une enfant talentueuse qui s'était réfugiée dans l'art pour développer son imaginaire et construire un monde à elle, de la même façon que Raffaele avait trouvé le réconfort dans la bande dessinée.

Il revit la jeune photographe fraîchement débarquée sur Hydros. Sa douceur, sa gaieté, son enthousiasme étaient prodigieux. Mais elle n'en était pas moins fragile. Il lui avait infligé une effroyable humiliation…

Aujourd'hui, s'il voulait regagner sa confiance, il fallait y mettre le prix. Offrir un vrai gage, *des garanties*.

Dans l'arrière-cuisine, un escalier menait à la cave. Il descendit et alla droit au coffre-fort. Il trouva tout de suite ce qu'il y cherchait : la bague de fiançailles de sa grand-mère. C'était ce bijou et aucun autre qu'il avait imaginé au doigt de Coral dès qu'il avait su qu'il allait la demander en mariage.

C'était la solution. La seule. La bonne.

En une fraction de seconde, il avait senti toutes ses angoisses s'évaporer. Elle n'était pas en colère contre lui — elle avait peur. Peur de se retrouver seule, comme sa mère lorsque Giancarlo l'avait abandonnée de façon brutale. Les enfants abandonnés gardaient les autres à distance, refusant toute forme de relation… Il était bien placé pour le savoir, lui qui avait connu l'effroi de l'orphelin lâché sans aucune famille dans un univers incompréhensible.

Oui, elle allait l'épouser, et il veillerait sur elle et

l'enfant. Les Rossini et les Di Visconti seraient sur un pied d'égalité. Raffaele était déterminé à corriger les erreurs de Giancarlo et à rendre à Coral ce qui lui appartenait. Bien sûr, Salvatore serait fou de rage, mais de toute façon… il ne cessait jamais de l'être. Du reste, ils n'avaient pas besoin de lui. Romano pesait déjà très lourd sur le marché financier, et d'ici trois ans, Raffaele n'aurait plus à s'occuper d'Argento.

L'avenir semblait radieux. Et il était là, à portée de main.

Le dîner se déroulait plutôt mal. Coral avait fait tomber son couteau, cassé son verre, renversé de la soupe sur sa jupe et brûlé une mèche de ses cheveux sur la chandelle.

Raffaele la considéra avec inquiétude.

— Tu es certaine de te sentir bien ? s'enquit-il pour la dixième fois.

— Parfaitement bien, oui, mentit-elle en reposant sa serviette sur ses genoux.

Mais elle était loin d'aller « parfaitement bien ». Plus elle s'efforçait de dominer le tumulte de ses émotions, plus elle se montrait maladroite.

Ils avaient partagé bien peu de moments depuis leur arrivée sur l'île, au matin, et tout se passait comme si l'atmosphère enchanteresse d'Hydros avait des effets inversés sur elle et lui : Coral ne pouvait s'empêcher de remarquer que son compagnon n'avait jamais paru plus détendu que ce soir.

Elle avait pourtant sorti son appareil et fait une longue séance de photos sur la côte, à leur atterrissage. D'ordinaire, il suffisait qu'elle se plonge dans son activité artistique pour se sentir sereine, tournée vers l'avenir. Or les paysages somptueux qu'elle avait sous les yeux lui avaient inspiré d'étranges réflexions. Elle avait eu le sentiment de photographier l'univers de celui qui avait passé le plus clair de sa vie sur cette île, qui en avait fait son port d'attache, le symbole de sa réussite.

Son père.

Un homme dont elle ne savait presque rien. À quoi pensait-il en regardant la mer, ici ? Était-il fondamentalement heureux ? Avait-il eu parfois une pensée pour sa fille inconnue ? Elle devait accepter de vivre avec ces questions sans réponse. Restait la certitude que Giancarlo Di Visconti avait aimé Hydros. Et elle avait songé qu'il était juste que son fils joue à son tour dans le sable de ces plages.

Raffaele, parti diriger une visioconférence dans son bureau, l'avait appelée un peu plus tard pour lui annoncer que le test ADN était positif. Coral avait accueilli la « nouvelle » assez fraîchement, étant bien placée pour savoir que son fils ne pouvait avoir été enfanté par personne d'autre que Raffaele Rossini. Il avait toutefois insisté pour l'inviter au restaurant et célébrer cette journée.

Ainsi, ils avaient pris l'hélicoptère et passaient la soirée dans un charmant port de la côte grecque.

Depuis un moment, Coral écoutait Raffaele lui raconter comment il avait constitué son groupe éditorial, acquérant un journal après l'autre, recrutant lui-même chaque membre des équipes, travaillant sans relâche sur la direction artistique. Il possédait une capacité de travail exceptionnelle. En cinq ans, il avait réussi à rendre incontournable son jeune empire médiatique. Il connaissait tout le monde et tout le monde le connaissait. Incontestablement, il avait tracé sa voie, accomplissant chaque jour quelque chose de nouveau, quelque chose qui comptait.

Cet homme-là avait suivi son rêve. Elle l'admirait. Et

il lui faisait peur. Ou plutôt, elle avait peur du désir qu'il lui inspirait. Durant six mois, elle l'avait détesté. Il avait suffi qu'il réapparaisse et qu'il veuille faire partie de la vie de leur enfant pour qu'elle oublie tout. Dès qu'il était là, elle se noyait dans le bleu marine de ses yeux. Sa seule présence éveillait en elle mille frissons érotiques.

— On dirait que tu n'as pas très faim, ce soir, observa-t-il d'un ton déçu.

Elle baissa les yeux sur son assiette pleine et rougit.

— Excuse-moi. Non, c'est vrai, pas tellement.

— Bon sang, c'est ma faute… Le bébé t'empêche de savourer ton repas, c'est ça ? Tu es barbouillée ?

— Non. C'est gentil de t'en inquiéter. J'ai souffert de nausées les deux premiers mois, mais c'est fini.

Il sourit et la dévisagea.

— En tout cas, tu es magnifique. Je ne me rendais pas compte de ce que signifiait le fameux rayonnement de la grossesse, et tu l'incarnes à la perfection : ton teint est radieux, tes cheveux plus brillants que jamais… Ta beauté m'éblouit.

Troublée par ce compliment, elle resta muette. Il étendit soudain une main pour la poser sur la sienne et enchaîna :

— Pour être franc, ce n'est pas la première fois. Dès le premier jour, quand tu es descendue du jet et que je t'ai vue apparaître sur le tarmac, j'ai eu envie de glisser mes doigts dans cette chevelure de soie.

Pour appuyer ses paroles, il enroula son index dans une de ses mèches.

— Tu m'as coupé le souffle, Coral. Littéralement. Ce soir encore, tu me fais cet effet.

Incrédule, elle arrima son regard au sien. Il semblait tellement sincère… Elle croyait même deviner une émotion profonde sous son air grave. Mais un courant d'air glacial lui parcourut l'échine, et elle répondit :

— Toi aussi, tu m'as coupé le souffle, en m'annonçant que tu me jetais hors de ton île.

Elle avait encore mal. Non, elle ne pouvait pas lui pardonner si facilement.

— Je regretterai ces instants toute ma vie, déclara-t-il. Mais nous sommes des amants extraordinaires, toi et moi. Admets-le : en dépit de cet épisode malheureux, nous sommes faits pour nous entendre. Coral, je veux ce qu'il y a de mieux pour toi. Tu vas être la mère de mon enfant et je vais veiller sur toi.

— Je n'ai pas besoin qu'un homme veille sur moi, se défendit-elle. Ce n'est pas dans cet esprit que j'ai été éduquée.

— Mais personne ne s'attachera jamais autant à ton bonheur que moi, insista-t-il en serrant sa main dans la sienne. Tu ne manqueras de rien, je voudrais t'en convaincre…

Sur ces mots, il se leva et lui prit les deux mains.

— Coral, je veux que tu deviennes ma femme. Il n'y a rien que je désire plus au monde que t'épouser.

N'en croyant pas ses oreilles, elle le fixa avec stupéfaction.

— Que… Comment ? *Nous marier* ?

— Oui. Avec un contrat de mariage entre un Rossini et une Di Visconti réunis sur un pied d'égalité. C'est ce que nous avons de mieux à faire, Coral.

Elle tentait encore de trouver un sens aux paroles qu'il prononçait quand il sortit de sa veste un pochon de soie dont il extirpa une superbe bague : un diamant taillé au carré, de style Art nouveau, serti de deux petites pierres. C'était probablement le plus beau bijou qu'elle ait jamais vu.

Avant même qu'elle ait le temps de protester, il glissa la bague à son annulaire.

— C'est la solution évidente, ce qui règle tout, ajouta-t-il. Pour toi. Pour notre fils. Pour moi. C'est aussi notre meilleur passeport pour l'avenir.

Médusée, elle contempla le diamant à son doigt. Son cœur battait à tout rompre, dans sa poitrine. Il lui demandait sa main, oui — mais pas du tout dans une perspective romantique. Pas par amour. Comme toutes les petites filles, et comme sa mère, elle avait rêvé d'un prince charmant. De déclarations d'amour éternel, et d'une bague qui symboliserait l'instant le plus mémorable de sa vie.

Raffaele lui offrait un contrat. Principalement parce qu'elle était membre de la *famiglia* à laquelle il vouait toute sa loyauté. Ne venait-il pas de le lui dire en des termes très clairs ? Pour lui, ce mariage signifiait l'association officielle des Rossini et des Di Visconti.

Coral avait chaud. Très chaud. Elle avait consacré une bonne partie de sa jeunesse à prendre de la distance avec les illusions romanesques qui coûtaient si cher à sa mère. Un mariage d'amour était-il plus sûr qu'un mariage de raison ?

Était-elle prête à renoncer à être aimée par l'homme qu'elle épouserait ? Seigneur, elle ne savait plus que penser…

— Prends ton temps, souffla Raffaele. Réfléchis-y.

# 11.

Cela faisait des heures que Raffaele se repassait la scène. Encore et encore.

Comment avait-il pu se tromper à ce point ? Il était pourtant si sûr d'avoir trouvé la bonne solution… La seule, même ! Était-elle farouchement opposée au mariage ? Ou bien s'agissait-il juste de son satané caractère, de sa manie de tout compliquer ? Ne comprenait-elle donc pas qu'il venait d'accomplir le geste le plus difficile, le plus risqué de toute son existence ? Bon sang, c'était une décision cruciale, et c'était *elle* qu'il avait choisie. Des douzaines de femmes s'étaient jetées à son cou depuis des années, et il s'était toujours juré de ne jamais se faire piéger par le mariage. Et hier soir, il lui avait demandé sa main, *à elle, Coral Dahl*, parce qu'il n'en désirait aucune autre.

Il ne s'était certainement pas attendu à cette réaction. Elle avait eu l'air… *horrifiée* ! Blessée.

À leur retour à la villa, il l'avait laissée monter se coucher, préférant se noyer dans le travail. Les heures avaient passé. Il s'était offert un peu de repos sur son sofa avant de retourner devant son ordinateur. Dehors, la lumière était bleutée. L'aube était là.

Il avait grand besoin d'un bon café, et il se dirigea vers la cuisine. Depuis tout petit, il se levait très tôt et savourait une demi-heure de méditation solitaire après avoir avalé son petit déjeuner. Quand il se trouvait sur l'île, il aimait voir les premiers rayons du soleil dorer la surface de la mer, écouter les oiseaux chanter. Dans son enfance, c'était un moment privilégié — avant que Salvatore ne se réveille et ne commence à le harceler.

Il s'immobilisa tout net en parvenant sur le seuil : Coral était là, attablée devant une assiette pleine et un bol de thé. En l'apercevant, elle haussa les sourcils.

— Bonjour. Bien dormi ? s'enquit-elle.

— Oui, mentit-il en préparant du café. Et toi ?

— Très bien, merci. Je me suis réveillée avec un appétit d'ogre.

— Je veux que tu te sentes chez toi, ici. Demande au cuisinier de te servir ce qui te plaît.

— C'est fait, répondit-elle en riant et en désignant son assiette.

Des œufs, du bacon… Un vrai petit déjeuner britannique, observa-t-il.

— Le chef est adorable, reprit-elle. Nous avons fait connaissance, et il a tenu à me concocter tout ça. Il a dit que c'était une joie pour lui de faire autre chose que réchauffer du porridge. Tu ne prends jamais rien d'autre ?

— Il a vraiment dit ça ? s'étonna-t-il en s'installant près d'elle. Je vais faire une exception et prendre une part de ton bacon.

— Avec plaisir.

Durant un moment, il mangea en silence et sentit le café ranimer son esprit engourdi. Il reporta vite son attention sur la jeune femme. C'était incroyable. Elle semblait de si belle humeur… Oui, elle avait radicalement changé depuis la veille au soir. Sans maquillage, les cheveux en bataille, simplement vêtue de *son* peignoir, elle était…

plus belle que jamais. Il l'admira comme s'il se trouvait face à une œuvre d'art.

— Quand voudras-tu discuter du mariage ? demanda-t-elle soudain d'un ton léger.

Il s'étrangla avec son café et se mit à tousser.

— Quoi ?

— Le mariage, répéta-t-elle calmement. Tu ne voulais pas que je te donne ma réponse aujourd'hui ?

Sidéré, il la fixa sans comprendre. Puis il baissa les yeux sur sa main gauche. Elle portait la bague.

— Ne perdons plus de temps, Raffaele, enchaîna-t-elle. Je suis d'accord. Mais dans la mesure où ma grossesse est très avancée, nous aurons peu de temps pour préparer la cérémonie. Je crois qu'il serait judicieux de nous marier dans ta résidence de Rome. C'est une distance raisonnable pour ma mère et mes amis, et tu pourras inviter plus aisément tes proches… et les journalistes. Mariella pense que Markowitz sera enchanté d'assumer le reportage photographique.

— Tu… Tu as discuté des préparatifs avec Mariella ? balbutia-t-il, de plus en plus désarçonné. Qu'est-ce qu'elle a dit ?

— Que ce sera le mariage du siècle, répondit Coral en souriant.

Ce n'était pas la première fois qu'elle le surprenait. Et ce ne serait probablement pas la dernière, songea-t-il, à la fois ému et émerveillé. Il était sur le point de se lever pour la prendre dans ses bras et l'embrasser follement quand la porte s'ouvrit à toute volée sous l'effet d'un violent courant d'air. Au même moment, le fracas des pales d'un hélicoptère se fit entendre au-dessus de leur tête.

Raffaele sentit un poids s'abattre sur ses épaules. Cette

magnifique matinée, si prometteuse, risquait de prendre un tour désagréable.

— C'est Salvatore ? demanda Coral.

— Oui.

— Déjà ? Tu ne m'avais pas dit qu'il viendrait ce soir ?

— C'est ce qu'il m'avait dit, soupira-t-il. Peu importe. Il faut en passer par là, Coral. Tu te sentiras mieux quand cette affaire sera enfin réglée.

— J'espère que tu as raison, mais… Quelque chose me dit que cette belle réunion familiale ne ressemblera pas à ce que j'espère.

— Viens, dit-il d'un ton encourageant. Allons l'accueillir.

Elle baissa les yeux sur son peignoir.

— Je ne peux pas me présenter comme ça… Je file me préparer. Reviens ici avec lui, d'accord ?

— Coral, non, attends, tu…

Il ne finit pas sa phrase. Elle courait déjà au premier étage.

Peu après Salvatore traversait l'immense salon, puis gagnait la terrasse. Il avançait dans sa direction, l'œil noir, comme à son habitude. Sa tension se percevait même à quinze mètres de distance.

— *Ciao,* Salvatore.

— Qu'est-ce que tu fais de cet endroit ? protesta son frère d'adoption, sans même lui rendre son salut. Je viens de poser ma valise dans ma villa, et il n'y a personne, ni les servantes, ni mon chef ! Je ne peux même pas déguster mon plat favori en arrivant !

— Tu ne devais pas arriver avant ce soir, rappela-t-il. Le personnel est ici, avec nous. Nous avons atterri hier.

— Nous ? répéta Salvatore en fronçant les sourcils.

— Je suis content que tu sois ici plus tôt. J'ai à te parler. Il y a du neuf.

— Ah ? Tu vas enfin me rendre la direction de l'entreprise ? C'est la seule nouvelle susceptible de m'intéresser.

— Je vais être père.

Salvatore resta interdit. Enfin, une lueur s'alluma dans son regard et un sourire moqueur se dessina sur ses lèvres.

— C'est vrai ? Ça alors ! Je dois avouer que je ne m'attendais pas du tout à entendre ça... Mais, bravo ! Mes félicitations. Je suppose que la surprise a été complète pour toi aussi ? Qui est la maman ? Je la connais ?

— Il se trouve que oui, répondit-il, non sans contenir sa fureur. Tu te souviens de la photographe ? Coral Dahl ? Celle à qui tu reprochais de se prendre pour ta demi-sœur et que tu m'as obligé à jeter dehors ?

Le visage de Salvatore devint blême. Puis, sa mâchoire se crispa, et Raffaele le vit serrer les poings.

— Je ne peux pas croire ça, murmura-t-il d'un ton mauvais.

— J'ai besoin de résoudre un problème.

— Quel problème ?

— L'établissement de la paternité, répondit Raffaele d'un ton direct, en regardant Salvatore droit dans les yeux. Il faut que tu te soumettes à un test. Je ne doute pas que tu souhaites connaître la vérité autant que moi.

— Tu... Tu vas *sérieusement* prêter foi aux machinations de cette opportuniste ? lâcha Salvatore d'un ton de défi. Tu vas écouter ces mensonges qui vont contre l'intérêt de la famille ? Après tout ce que mon père a fait pour toi ? Il serait écœuré, Raffa ! S'il a refusé de lui accorder une place dans sa vie, ce n'est certainement pas pour que tu t'en charges aujourd'hui ! Je n'arrive pas à croire qu'elle ait réussi à te tourner la tête aussi facilement, juste parce que tu as couché avec elle !

— Fais très attention aux mots que tu prononces,

Salvatore, avertit Raffaele. Coral et moi, nous allons avoir un enfant. Quelle qu'ait pu être l'attitude de Giancarlo, le fait est qu'elle est très probablement ta demi-sœur. Alors ne me pousse pas dans mes retranchements, parce que tu serais étonné de voir où va ma loyauté.

Salvatore parut sonné. Il le dévisageait, les traits déformés par la stupeur.

— Toi… *Toi*, Raffa, tu oserais te retourner contre moi ? J'étais certain que tu étais la seule personne au monde en qui je puisse avoir une totale confiance.

Il secoua la tête, puis enchaîna :

— Non… En fait, je me doutais que tu finirais par me jouer un sale tour. Depuis que tu es arrivé dans la famille, mon père n'a cessé de me comparer à toi. Tu étais l'exemple à suivre, celui qui faisait toujours tout mieux que les autres — mieux que moi. Et est-ce que tu te rends compte de ce que j'éprouve, en ne pouvant même pas disposer à ma guise de *mon* héritage ? En me disant que mon père n'avait pas assez confiance en moi ? Et maintenant, je découvre que tu es *contre moi* ?

— C'est faux, Salvatore. Cette histoire n'a rien à voir avec toi. Coral a été privée de tout. Elle est tournée vers l'avenir, pas le passé. Ton héritage est intact et rien ne changera entre nous.

— Comment peux-tu dire une chose pareille ? Bien sûr que ça va changer ! Dès qu'elle aura les résultats du test, elle voudra sa part dans Argento Croisières ! Elle mettra son grain de sel dans chaque aspect du capital de cette famille et rien, *plus rien* ne sera jamais comme avant.

Se prenant la tête dans les mains, Salvatore geignit de désespoir et tomba assis sur une marche de la terrasse. Désemparé, Raffaele se rappela la promesse qu'il avait faite à son bienfaiteur. Il n'abandonnerait pas son fils.

Pour l'heure, c'était un homme faible qui avait besoin d'être soutenu. Un jour, peut-être, il saurait se prendre en charge seul.

— Je te le répète, dit-il d'un ton encourageant, rien ne va changer. Coral se moque d'Argento. C'est une artiste. Elle va travailler avec moi au sein de Romano. Tu n'as aucune raison de t'inquiéter, Salvatore.

Il s'assit près de lui et passa son bras autour de ses épaules.

— Tu le promets, Raffa ? interrogea Salvatore d'un ton suppliant. Argento sera à moi ? Rien qu'à moi ?

Ce discours l'écœurait. L'égoïsme, l'appât du gain… Il n'y avait rien de très reluisant dans tout cela.

— Une étape après l'autre, tempéra-t-il. D'abord, le test ADN. J'aimerais aussi que tu viennes saluer Coral. Elle nous attend, et je tiens à ce que ça se passe bien.

Il serait facile de s'habituer à un tel confort, songea Coral, tranquillement installée dans la chambre de Raffaele, les pieds posés sur un tabouret, pendant qu'une servante lui peignait les ongles des orteils. Une autre lui massait les épaules après lui avoir longuement brossé les cheveux. À côté, dans le dressing, quelqu'un pendait soigneusement tous les vêtements livrés depuis la veille.

Même si elle ne parlait pas le grec, Coral comprenait à l'enthousiasme des membres du personnel que Raffaele était le favori de la famille, et qu'ils se réjouissaient de l'avoir quelques jours parmi eux.

Elle ouvrit les yeux et regarda son reflet dans le miroir. Ses petites fées aux doigts d'or avaient accompli un prodige ! Difficile de croire qu'elle avait à peine fermé l'œil de la nuit. Car elle avait pensé durant des heures à la proposition de Raffaele, pesant le pour et le contre. Depuis que sa décision était prise, elle se demandait comment elle avait pu hésiter. Contrairement à elle, son fils pouvait avoir la chance de grandir auprès d'un père et d'une mère. De pouvoir compter sur leur amour, et de ne manquer de rien. C'était l'essentiel.

Quant à elle… Oh ! naturellement, son mariage ne serait pas ce qu'elle avait espéré. Mais elle en avait assez de se lamenter sur son sort. Elle devait apprendre à se satisfaire de ce qu'elle avait. Être ici, sur cette île, représentait déjà une belle revanche sur le destin. Son père n'avait pas voulu d'elle… Et elle était là. Surtout, elle allait épouser l'un des hommes les plus convoités de la planète. Non parce qu'il l'aimait mais parce qu'elle s'était elle-même prise à son piège. S'il était prêt à se sacrifier pour le bonheur de leur enfant, à aller jusqu'à l'épouser dans l'intérêt du bébé, elle ne pouvait pas se dérober. Et avec un peu de bonne volonté, elle n'aurait pas à le regretter.

Soudain, les deux servantes cessèrent de discuter gaiement. Une porte claqua au rez-de-chaussée, et le silence se fit dans la maison.

Ils étaient arrivés.

Coral sentit son cœur se mettre à battre à coups redoublés. Elle vérifia son maquillage dans le miroir et enfila des sandales. Dans sa nouvelle robe bleue à taille Empire, qui laissait voir la finesse de ses jambes et de ses chevilles tout en tombant avec élégance sur son ventre, elle avait l'impression de retrouver une silhouette humaine.

Elle sourit aux deux jeunes femmes et descendit l'escalier. Raffaele et Salvatore se trouvaient dans le salon, devant le bassin d'Aphrodite.

— Bonjour Salvatore, dit-elle en souriant, la main

tendue. Je suis heureuse de pouvoir enfin faire convenablement connaissance avec toi.

Il leva vers elle un sourire maladroit, sans doute forcé.

— Bonjour, Coral. J'espère que ton retour à Hydros est agréable.

— Oui, merci. Tu as fait bon voyage, depuis Sydney ?

Son visage se décomposa soudain, et il se tourna vers Raffaele.

— Je ne peux pas. Je regrette, Raffa, mais je n'arrive pas à faire comme si tout cela était normal. Ce n'est pas ce que papa voulait.

— Attention… Aucun de nous ne sait réellement ce que Giancarlo souhaitait, rappela-t-il. Il a pu être dévasté en apprenant qu'il avait une fille et qu'il lui serait impossible de l'élever. Aucune hypothèse n'est à rejeter. Et puisqu'il n'est plus là, c'est à nous qu'il revient de rectifier la situation, Salvatore.

Ce dernier garda le silence un moment avant de se récrier :

— Tu n'es pas fidèle à sa mémoire ! Tu es aveuglé parce qu'elle porte ta propre descendance ! Tu ne comprends donc pas que c'est un coup monté ? Je passe pour le méchant de l'histoire, et elle pour la vertueuse héroïne. C'est énorme !

— Je crois que tu n'as besoin de personne pour avoir le mauvais rôle, intervint Coral avec colère. J'espérais que tu aurais au moins la grâce de t'excuser de ce que tu m'as fait subir, et je constate que *même ça*, c'était trop te demander !

— Salvatore, menaça Raffaele, je t'ai averti. Ne franchis pas la ligne blanche, sinon…

— Je peux me défendre toute seule, déclara-t-elle. J'ai des choses à lui dire, et il va les entendre.

Mais Salvatore l'ignora et lâcha d'un ton désespéré :

— Cette garce t'a ôté toute raison ! Elle a menti à tout le monde à ton magazine, elle a réussi à parvenir sur notre île, puis elle s'est glissée jusque dans ton lit, et tu as perdu l'esprit ! Tu ne peux pas me faire ça ! Tu ne peux pas tirer un trait sur notre amitié à cause de cette intrigante !

Raffaele bondit sur Salvatore, l'attrapa à la gorge et le plaqua contre le mur.

— Je t'avais averti ! Ne parle plus jamais de Coral ainsi ! Quant à notre amitié, tu m'as assez fait comprendre qu'elle avait pris fin le jour où je suis entré dans la famille. Tu me l'as fait payer chaque jour, par pure jalousie. Maintenant, suis-moi. Nous allons nous occuper tout de suite de ce test ADN.

Épouvantée, Coral regarda Raffaele traîner Salvatore à l'extérieur. Durant une heure, elle resta assise, prostrée, à trembler de tous ses membres. Enfin, Raffaele revint. Seul.

— C'est fait, annonça-t-il d'un ton las. Le test est parti au labo. Et Salvatore est rentré à Sydney.

Elle hocha la tête en silence, et il vint la prendre dans ses bras.

— Je suis désolé, dit-il. Je pensais qu'il était prêt.

— Je ne comprends pas… Si seulement il m'avait laissé une chance…

— Tu n'as rien à te reprocher. Nous avons essayé, nous avons fait de notre mieux.

— Pourquoi me déteste-t-il autant ? Qu'est-ce que je lui ai fait ?

— Rien du tout. Il a toujours manqué de confiance en lui et manifesté une grande hostilité envers les autres. Moi aussi, il me déteste.

Il lui sourit, et elle fit quelques pas dans la pièce. Son anxiété ne tombait pas.

— S'il est dans ces dispositions vis-à-vis de moi maintenant, nota-t-elle, qu'est-ce que ce sera quand il recevra ma demande de modification de la succession !

— Pardon ?

Raffaele fronça les sourcils. Son corps se tendit quand il avança vers elle pour demander :

— Qu'est-ce que tu veux dire ? Tu n'as pas besoin de cet argent. J'en ai plus qu'il ne nous en faut. Tu l'ignores peut-être, mais Romano pèse plusieurs dizaines de millions.

— La question n'est pas là, opposa-t-elle. Et ta fortune t'appartient. Tu m'as encouragée à me battre pour mes droits, et je suis décidée à le faire.

Il la considéra avec stupéfaction.

— Coral, tu ne sais plus ce que tu dis… Si tu livres une bataille au tribunal, Argento n'y survivra pas. La société fera faillite. Car, sache-le, jamais Salvatore ne te laissera prendre une part de l'entreprise sans se battre. Et je crois que tu l'as compris. Mettre un doigt dans cet engrenage, cela revient à…

Il s'interrompit en entendant les chiens aboyer.

Coral baissa les yeux. Elle savait qui venait d'arriver. Soupçonneux, Raffaele se tourna vivement vers elle.

— Coral, peux-tu me dire à qui appartiennent les deux berlines qui se garent dans l'allée ?

Elle poussa un long soupir, et finit par avouer :

— À mes avocats.

— Non… Renvoie-les, s'il te plaît. Tu n'as pas besoin d'eux. Je te promets que j'ai bien assez d'argent, que vous ne manquerez jamais de quoi que ce soit, toi et notre fils.

— Raffa, tu ne veux pas comprendre. Toute mon existence a été déniée par les Di Visconti. Je refuse de léguer cet affront à mon enfant. Il n'a pas à porter ce fardeau, cette honte. Je veux qu'il obtienne ce qui lui revient.

— Tu es en train de déclarer la guerre…

— Non, je vais seulement tenir tête à Salvatore.

Il la toisa d'un regard sévère.

— C'est moi qui m'occupe de Salvatore, opposa-t-il.

— Non ! Je suis une adulte, pas une petite fille ! Si tu ne peux pas comprendre que je suis capable de me défendre et que c'est à *moi* de régler les problèmes qui *me* concernent, tu ferais mieux de ne pas m'épouser !

Elle lut la fureur dans ses yeux bleus qui viraient au noir. Il avait pâli, et ses muscles étaient tendus à l'extrême.

— Tu n'as aucune idée de la gravité de ce que tu es en train de faire, accusa-t-il.

— Au contraire, je sais parfaitement ce que je fais, affirma-t-elle. Je ne compte pas te laisser aseptiser mon univers parce que tu pars du principe que je suis trop faible pour l'affronter seule. Si nous devenons mari et femme, ce sera à condition d'être des partenaires à égalité. Et à égalité *pour tout* !

— C'est absurde, Coral ! Tu en demandes trop !

— C'est possible. Mais je ne compte pas m'en excuser.

Sur ces mots, elle l'abandonna dans le salon et se dirigea vers l'entrée pour accueillir les hommes de loi.

# 12.

La villa Monterossini était nichée au cœur de Rome, dans un somptueux écrin de verdure la tenant à l'abri de la curiosité des touristes.

Depuis le second étage, derrière les immenses porte-fenêtres, Coral admirait la corole que formaient les jets d'eau de l'antique fontaine ornée de chérubins. Elle dégustait une tasse de thé et songeait que c'était une journée splendide pour se marier.

L'équipe d'élite chargée d'organiser chaque aspect de la cérémonie s'activait déjà partout dans le domaine, et elle avait vu passer une véritable armée de serviteurs en livrée, déjà prêts à honorer la magnificence de ce joyau romain et à satisfaire les moindres désirs des convives.

Elle se dirigea vers le chariot afin de se verser une seconde tasse, mais une domestique intervint prestement pour s'en charger elle-même. Il n'y avait que trois jours qu'elle était ici, et elle avait déjà compris qu'il était impossible de vouloir quelque chose dans cette maison : chacun de ses souhaits était anticipé — et comblé. Le personnel pensait à tout, et il y avait même, dans chaque pièce de ce véritable palais, des bouquets de fleurs fraîchement coupées, embaumant l'atmosphère.

Oui, tout le monde était aux petits soins, empressé à lui plaire… sauf le maître des lieux.

Depuis l'instant où elle l'avait défié en faisant venir ses avocats sur l'île, il avait verrouillé sa porte et joué les abonnés absents. Dans un premier temps, il s'était envolé pour Shanghai. Chaque soir, comme par obligation, il lui téléphonait et lui posait quelques questions sur sa santé et celle du bébé. Toute conversation sur un autre sujet était exclue, et elle s'était lassée de l'interroger pour n'entendre que des réponses monosyllabiques.

Trois jours plus tôt, il lui avait annoncé — avec la même neutralité que s'il livrait un bulletin météo — la réalité scientifiquement prouvée du lien familial entre Salvatore et elle. Imitant son indifférence, elle avait accueilli la nouvelle sans le moindre commentaire.

Jamais il n'avait voulu savoir ce qui s'était passé lors de son entretien avec les avocats, et elle ne lui en avait donc rien dit. Le fait qu'elle ait toutes les chances d'obtenir gain de cause, elle le gardait pour elle. Ils avaient longuement étudié le déroulement possible de la procédure : ce qu'elle pouvait obtenir, ce qui était hors de portée. Elle avait eu accès aux comptes, et constaté qu'il avait fallu de très longues années de travail et de foi pour faire d'Argento une marque désormais connue dans le monde entier. Au cours des dernières années, le chiffre d'affaires avait doublé, et tout le monde savait que c'était grâce à la gestion de Raffaele Rossini. Pourtant, il ne touchait pas un centime de dividende, ne percevait aucun salaire ! C'est ainsi que le doute s'était insinué en elle. Le doute quant à la légitimité de sa démarche.

Toutefois, elle avait fait en sorte que sa demande en bonne et due forme soit préparée. Il ne lui restait qu'à prendre la décision finale : signer ou pas, pour engager la bataille, ce qu'elle ferait dès le mariage célébré.

Car le grand jour était arrivé…

Dans moins d'une heure, Lynda serait ici. Coral en eut un frisson rétrospectif. Appeler sa mère pour lui annoncer qu'elle épousait Raffaele avait été le coup de téléphone le plus difficile de sa vie. Elle s'était attendue à une crise de larmes, à un feu de questions angoissées, à des reproches... En réalité, l'annonce d'un mariage devait avoir un effet magique : Lynda s'était montrée plus qu'encourageante, cherchant seulement à s'assurer que sa fille avait mûrement réfléchi avant de franchir une étape si importante. Puis, juste au moment où Coral allait raccrocher, soulagée d'avoir évité le pire, sa mère avait chuchoté :

— Ma chérie... Est-ce que tu l'aimes ?

À sa propre surprise, le mot lui était sorti de la bouche avant qu'elle n'ait eu le temps d'y penser.

— Oui.

Un « oui » franc, massif, évident. Et les larmes lui étaient montées aux yeux.

— Alors c'est tout ce qui compte, avait conclu sa mère.

Coral était restée désemparée, le combiné dans la main, secouée de sanglots. Car en admettant la vérité, *sa* vérité, elle était obligée d'aller jusqu'au bout. Raffaele, lui, ne l'aimait pas.

Naturellement, elle ne pouvait le révéler à sa mère. Ni à quiconque. C'était à peine si elle osait se l'avouer à elle-même. Le jour de son mariage ne manquerait ni de paradoxes, ni d'ironie, songea-t-elle amèrement. Pour la première fois depuis vingt-cinq ans, Lynda Dahl apparaîtrait un sourire radieux sur le visage, le printemps sous son pas... Et Coral traînerait ses escarpins de satin jusqu'à l'autel, le cœur en berne.

— Êtes-vous prête pour votre bain ? demanda soudain une servante en venant vers elle. Il ne reste que trois heures avant le début de la cérémonie !

Coral sourit et se leva.

— J'arrive. Je dois d'abord vérifier avec le chef que tout va bien côté cuisine, que toutes les commandes sont arrivées.

— C'est déjà fait, s'esclaffa la jeune femme. Allons, suivez-moi ou les gens penseront que vous n'avez pas envie de vous marier !

Coral se mordit la lèvre et, emboîtant le pas de la servante, traversa les salles où les tables étaient déjà dressées, somptueuses avec leurs rangées de verres en cristal, et les magnifiques arrangements de roses blanches, de lis et de gardénias.

De grands chandeliers ornés de roses étaient disposés sur chaque marche de l'escalier monumental et, partout, dans les couloirs, le décor avait été pensé avec élégance et simplicité — satin et fleurs fraîches, sous l'éclairage de centaines de bougies.

Coral jeta un rapide coup d'œil au parc, où serait servi le cocktail. Dans moins de trois heures, cette maison serait emplie de personnalités de la jet-set, d'hommes d'affaires d'envergure internationale, d'artistes venus de Londres ou de New York.

Avec Raffaele, elle allait prêter un serment solennel et s'engager pour la vie entière. Il fallait que chaque mot qu'elle prononce vienne de son cœur, car ensuite rien ne serait plus jamais comme avant. Elle s'engageait à chérir cet homme, à veiller sur lui, à lui vouer fidélité et amour. Et elle n'avait pas peur car oui, oh oui, elle l'aimait… Mais elle avait mal. Elle allait devoir se satisfaire d'une union où seul l'un des deux époux éprouvait pour l'autre un sentiment d'une force surnaturelle.

En s'efforçant de chasser cette mélancolie de son cœur, elle traversa la chambre nuptiale où l'immense lit avait été orné d'un baldaquin de soie ivoire. Elle passa devant le mannequin qui portait sa robe et forma le vœu d'être faite de bois, elle aussi.

Dans le dressing, coiffeurs et maquilleuses étaient fin prêts, leurs douzaines d'instruments alignés sur une console. Tout était parfait.

Tout *serait* parfait.

Ou presque.

Ignorant la lame qui s'enfonçait dans sa poitrine, elle se déshabilla et se glissa dans la baignoire. La température de l'eau était exquise, les huiles essentielles délassantes… Coral ne parvint pourtant pas à chasser l'angoisse qui montait en elle. Dans quelques heures, elle serait l'épouse de l'homme le plus convoité de la sphère médiatique. Probablement l'homme le plus séduisant d'Italie. Beau, charismatique, puissant et riche. Un homme intègre, fiable, honnête. D'une loyauté exemplaire. Capable de sacrifier son bonheur à celui d'autrui. Un homme qui, alors qu'il montait seul son entreprise, avait offert son temps et son talent, sans compter, à la société de son père adoptif, sans aucune contrepartie. Par générosité.

Elle sentit les larmes lui remonter aux yeux. Cet homme, il suffisait qu'il s'approche d'elle, qu'il pose les yeux sur elle pour que son corps se consume instantanément de désir. Tremblante d'émotion, elle se rappela l'instant où, après avoir fait l'amour, il avait promené sa main sur son ventre, s'inquiétant pour leur bébé.

Non. *Non*, elle n'avait pas le droit de poursuivre cette comédie. Elle aurait beau se déguiser en mariée, enrubanner toute la maison, et quand bien même sa mère était folle de joie, et son enfant avait besoin d'un père… *Non*, elle ne *pouvait pas* épouser un homme qui ne l'aimait pas. Ce n'était pas juste.

La gorge serrée, elle caressa son ventre. Allons, allons… Ce n'était pas la fin du monde. Raffaele tiendrait quand même son rôle dans la vie de leur fils. Mais il n'y aurait pas de faux-semblants, pas de…

Elle prêta l'oreille car, dans la pièce adjacente, une vive discussion s'était engagée. Plusieurs servantes parlaient à toute vitesse en italien. Elles s'efforçaient de chuchoter mais le ton était grave. Une nouvelle voix s'éleva, et Coral reconnut la gouvernante. Le *signor*… Le maître de maison était introuvable. Fallait-il prévenir la *signorina* ?

Son cœur s'emballa. Il n'allait pas venir ? Il était parvenu à la même conclusion qu'elle ! Il refusait d'épouser une femme qui lui inspirait non de l'amour, mais seulement le sentiment du devoir. Voilà, c'était ce qui devait arriver. De toute façon, elle se doutait que c'était trop beau pour être vrai.

Elle sortit du bain, et une servante vint aussitôt l'envelopper de son peignoir.

— *Di cosa stai parlando* ? demanda Coral. Comment ça, il ne viendra pas ? Où est-il ?

La jeune femme et les autres domestiques se confondirent en excuses et la massèrent.

— S'il vous plaît, *signora*, préparez-vous. Ce sont de stupides rumeurs. Ne prenez pas froid et venez, il faut vous habiller.

— M'habiller ? Mais… Qu'est-ce que je ferai s'il ne vient pas ?

— Bien sûr qu'il viendra ! Il est seulement très occupé, comme toujours, vous le savez bien… Et il a tant à faire avant de vous retrouver. Vous êtes si belle, *signorina*. Il doit vraiment vous aimer beaucoup, vous et le petit *bambino*.

Perdue, en proie à des émotions contradictoires, Coral se laissa masser et enduire de lotions par les mains habiles des jeunes filles qui reprirent leur babillage, non sans échanger des coups d'œil nerveux.

Deux heures s'écoulèrent, au cours desquelles Coral fit de son mieux pour demeurer imperturbable, pour ne trahir aucune inquiétude et se laisser coiffer, pomponner, revêtir de la lingerie digne d'une princesse. Plus personne n'osait évoquer le *signor*, autour d'elle. La crispation du personnel semblait de plus en plus tangible. Et ce silence ressemblait à celui qui précède l'arrivée du peloton d'exécution, songeait-elle.

N'y tenant plus, elle alla chercher son téléphone et appela Raffaele. Elle tomba directement sur sa messagerie : il avait éteint son appareil. *Jamais* ce n'était arrivé auparavant.

En un jour comme celui-ci, c'était… tout sauf une maladresse.

— Regardez, *signora*, plaida la coiffeuse qui venait de piquer son chignon de perles.

En mode automatique, elle releva la tête vers le miroir mais ne vit rien.

Depuis l'instant où il était revenu dans sa vie, fort et massif comme une montagne, elle avait pu compter sur lui. Jamais elle n'avait mâché ses mots. Les reproches, les accusations — elle ne lui avait rien épargné. Et il était resté.

— Laissez-moi un moment, s'il vous plaît, demanda-t-elle à la petite troupe qui se trouvait dans la pièce.

Personne ne broncha. Ils avaient tous compris que le marié ne viendrait pas… Un instant plus tard, elle était seule, et elle ferma brièvement les yeux. Ne pas pleurer. Rassembler son courage. Affronter la catastrophe qui l'attendait.

Elle posa la main sur la poignée de la porte, et étouffa un cri.

Il était là ! Raffaele se tenait juste devant elle.

— C'est toi ! s'exclama-t-elle. Où étais-tu passé ? Pourquoi avais-tu éteint ton…

Elle s'interrompit. Son visage était fermé, ses traits tirés. Il entra dans la pièce et ferma la porte derrière lui.

— Il faut qu'on parle, dit-il.

Elle avait compris. Et elle dut lutter de toutes ses forces pour cacher la douleur qui la brisait.

Raffaele n'aurait su dire quand il avait compris qu'il était primordial de dominer sa peur. Il l'avait appris si tôt que c'était devenu facile. Il suffisait de lister de façon méthodique les scénarios les plus sombres, un par un, puis de se confronter à chacun d'eux. Le système était imparable : ça fonctionnait à tous les coups.

Peut-être l'avait-il appliqué pour la première fois le jour de l'accident, quand ses parents n'étaient pas venus le chercher à la pension pour rentrer fêter Noël. Plus précisément à l'instant où, alors qu'il attendait dans le foyer du collège, un policier était venu le voir. Il avait lu l'angoisse dans le regard de la surveillante. Et il n'avait jamais oublié ce moment.

À partir de là, sa vie avait changé de façon radicale et définitive.

De la même façon, cette peur originelle s'était gravée en lui. Il avait su, instinctivement, que jamais rien ne pourrait être pire.

Et c'était vrai.

— Il n'y aura pas de mariage, Coral, annonça-t-il d'une voix aussi calme que ferme.

Le visage de la jeune femme se vida instantanément de toute couleur. Elle porta la main à son ventre et ce geste retourna la dague que Raffaele avait dans le cœur depuis qu'il avait pris sa décision.

— P… Pourquoi ? balbutia-t-elle d'une voix blanche. Qu'est-ce qui s'est passé ?

L'émotion l'étranglait. Elle était si belle ! Son peignoir s'était défait, révélant sa silhouette gainée de lingerie fine. Un bustier de satin recouvert de dentelle moulait majestueusement sa poitrine, révélant la finesse de ses épaules et son cou gracieux. Son épaisse chevelure était remontée en chignon dont tombaient quelques boucles graciles aux reflets de miel. Jamais elle n'avait été plus charmante.

— C'est lui qui t'a influencé ? murmura-t-elle. Salvatore ?

Il secoua lentement la tête.

— Non, il y a déjà un moment que je ne tiens plus compte de ce que peut dire ou penser Salvatore.

— Alors pourquoi, Raffaele ? Pourquoi maintenant, alors que les invités sont là, que tout le monde nous attend ? Qu'est-ce qui t'a fait changer d'avis ?

Il baissa les yeux.

— Je ne peux pas faire quelque chose uniquement parce qu'il faut le faire.

— C'est parce que j'ai dit que je souhaitais obtenir ma part d'héritage ? Mais Raffaele… Tu peux comprendre que je ne peux pas me résoudre à dépendre de toi matériellement. Et que notre fils mérite que son identité du côté maternel soit établie une bonne fois pour toutes.

— Bien sûr que je le comprends, acquiesça-t-il. Je t'assure que je l'accepte. C'est moi qui ai eu tort de vouloir ce mariage uniquement pour que notre enfant naisse dans une famille conventionnelle. Je sais que tu vas être une mère extraordinaire.

— Tu… Tu es en train de me dire que nous n'allons pas vivre ensemble ? s'enquit-elle d'une voix tremblante.

Il plongea son regard dans le sien.

— Ni toi ni moi, Coral, ne sommes contraints de faire ce que nous n'avons pas envie de faire. Il nous suffit de nous mettre d'accord, de mettre au point un arrangement entre nous. Ou de laisser les requins de la justice s'en charger à notre place. C'est à toi de voir.

— Sans doute, mais… Notre enfant a besoin de ses deux parents. Ce n'est pas ce que tu affirmais ?

Il tendit la main et caressa les contours de son visage de déesse. Elle aurait fait une si belle mariée…

— Rien ne nous empêche de faire de nouveaux projets, dit-il. J'ai transmis ton portfolio à MacIver. L'équipe est prête à t'accueillir à bras ouverts et tu peux en assumer la direction si tu le souhaites. Ce serait *ta* création, *ton* œuvre. En revanche, s'agissant d'Argento, je n'ai plus la moindre influence sur sa gestion. Il faudra vendre ou regarder le bateau couler, si j'ose dire, mais je regrette : ce n'est plus mon problème. À l'heure qu'il est, mes avocats me libèrent de mes engagements à l'égard des affaires Di Visconti.

Elle s'était mise à pleurer, et il expliqua d'un ton doux :

— C'est vrai, j'ai interféré dans cette histoire. Dans mon intérêt et dans le tien, Coral. Je ne voulais pas que tu te retrouves en face-à-face avec Salvatore. Cela aurait duré des années, et cet homme est un serpent qui t'aurait craché sans cesse son venin au visage… Tu mérites mieux que ça. Et ne me demande pas pourquoi, mais je serais vraiment heureux que tu veilles sur mon autre bébé : MacIver. C'est une très belle publication et tu réussirais, je le sais. Qu'est-ce que tu en dis ?

Un long silence suivit sa proposition. Il attendit, mais elle resta muette.

— Je crois qu'il faut avant tout s'occuper des invités,

soupira-t-il. Tu n'as rien à faire, je vais m'en charger. Et je te laisse cette villa, elle est à toi. Si tu le désires, je peux te ramener à Londres ou sur Hydros. Dis-moi ce que tu souhaites, Coral.

— Oh ! non, non… Tu ne me feras pas ça ! protesta-t-elle rageusement.

Il s'apprêtait à tourner les talons, et il s'immobilisa.

— Comment ? Qu'est-ce que tu viens de dire ?

D'un geste rageur, elle jeta son peignoir sur le sol. Il découvrit les jarretelles qui retenaient ses bas et ne put s'empêcher d'admirer cette symphonie de courbes : ses seins si ronds, son ventre, ses hanches… Et ses interminables jambes, juchées sur de petits escarpins.

— C'est toi qui m'as poursuivie, Raffaele ! reprit-elle d'un ton accusateur. Tu m'as fait l'amour et tu m'as mise enceinte. Puis tu m'as jetée dehors, et en revenant me chercher, tu as tout fait pour que je tombe amoureuse de toi, et maintenant, espèce de salaud…

Elle s'interrompit pour attraper sa robe de mariée sur le mannequin et l'enfiler devant lui.

— Qu'est-ce que… Qu'est-ce que tu viens de dire ? demanda-t-il.

— Tu m'as entendue ! cria-t-elle, furieuse, en remontant le zip.

— Non, insista-t-il en venant vers elle et en arrimant son regard au sien. Je veux que tu le répètes. Qu'est-ce que tu viens de dire ?

Électrisée par la colère, elle lui décochait un regard assassin, tout en luttant contre les volants de ses manches.

— Bon sang, s'énerva-t-il en la saisissant par les poignets. Vas-tu le dire ?

— Tu vas m'épouser ! explosa-t-elle, dans tout l'éclat de cette rage qu'il n'avait jamais trouvée plus belle.

Ses grands yeux verts le considéraient avec une émotion qu'il osait à peine décrypter, de peur de se tromper.

— Même si c'est la dernière chose que tu dois faire *de ta vie*, tu vas m'épouser, répéta-t-elle.

— Tu m'aimes ? C'est ça ? Tu m'aimes ?

Comme elle cherchait à fuir son regard, il plaça son index sous son menton et la contraignit à lui faire face.

— Oui, murmura-t-elle. Oui, c'est vrai.

C'était trop beau. Cette femme qui ne ressemblait à aucune autre, cette déesse en fureur, cette exquise ingénue était amoureuse de lui ! Il la prit dans ses bras et la serra de toutes ses forces.

— Tu m'aimes… Et je t'aime aussi, Coral.

— C'est vrai ? Tu m'aimes ? suffoqua-t-elle. Tu as une bien curieuse façon de me le montrer !

— Parce que je ne sais pas le montrer… C'est la première fois que ça m'arrive. Tu vas devoir m'apprendre.

Bouleversée, elle hocha la tête et enfouit son visage dans son cou. Oui, il le sentait. C'était bien de l'amour. Sous le choc de cette révélation, il tomba à genoux devant elle.

— Épouse-moi, Coral. Fais de moi l'homme le plus heureux du monde. Promets-moi que tu ne changeras jamais, que tu diras toujours haut et fort ce que tu penses.

— Oh ! Raffaele…

— Dans le fond de mon cœur, je sais que mes parents t'auraient adorée.

Elle tomba dans ses bras, et ils s'embrassèrent voluptueusement. Puis il sourit. Cette femme-là était à lui. Il n'y en aurait jamais d'autre. Ils restèrent ainsi un long moment, enlacés, à écouter les battements de leurs cœurs à l'unisson.

— Tu crois qu'ils sont toujours là ? finit-il par interroger.

— À mon avis, oui.

— Et tu penses que nous devrions descendre pour vérifier ?

— Ma foi… Il va bien falloir officialiser cette union un jour ou l'autre, rappela-t-elle en souriant.

— On va faire la une ?

— C'est bien parti. Il y a une bonne douzaine de journalistes, là en bas.

— On leur raconte toute l'histoire ?

— Non, ils ont déjà bien assez de matière comme ça.

— Il est vrai qu'on n'a jamais vu une mariée moins conventionnelle et plus charmante que toi, susurra-t-il.

Elle se mordit la lèvre, et il comprit qu'elle retenait ses larmes.

# Épilogue

— Tu connais la dernière rumeur ? demanda Coral en découpant en lamelles le toast qu'elle venait de beurrer.

Elle les posa dans l'assiette de Matteo, et le regarda les attraper de ses petits doigts potelés.

— Les rumeurs ne m'intéressent jamais, et encore moins de bon matin, si je n'ai pas avalé au moins trois tasses de café. Comme tu le sais, ma chérie…

— Certes, mais je t'assure que tu vas vouloir connaître celle-ci.

Raffaele poussa un long soupir et posa son journal.

— Papa est grincheux, dit-elle en souriant à Matteo.

— Papa gwinche ! s'exclama joyeusement l'enfant en postillonnant des miettes beurrées.

— Arrête de lui apprendre de vilains mots, protesta Raffaele. Je ne suis pas grincheux. Juste un peu plus fatigué que d'habitude.

Coral s'esclaffa, bientôt imitée par Matteo.

— Qui a épuisé papa, Matty ? demanda-t-elle. Qui l'a fait courir sur la plage toute la soirée ?

— Oui, il a obtenu ce qu'il voulait, soupira son père. Mais moi aussi, car j'ai fini par lui donner envie de se coucher. Je n'y croyais plus. Même les chiens ne pouvaient plus se relever.

Coral sortit le petit de son siège et le prit dans ses

bras. Elle adorait sentir contre elle ce petit corps tout tendre. Mais le diablotin se retourna vivement et passa sa main toute collante dans ses cheveux.

— Il apprécie ta chevelure autant que moi, ironisa Raffaele.

— Presque ! Mais dis-moi, qu'est-ce que vous avez fait tous les deux, hier soir ?

— Tout. Roulades, châteaux de sable, petits pieds dans les vagues… Nous avons décidé de nous offrir un dîner sous forme de pique-nique, sur la plage. Et toi ? Tu es contente de ton travail ? s'enquit-il.

— C'était merveilleux, acquiesça-t-elle. Merci. L'endroit était idéal pour une séance au coucher du soleil, et nous avons fait toute une série avec la princesse qui chevauche son beau destrier.

Il sourit. Elle lut le bonheur dans ses yeux et sentit son cœur battre un peu plus fort.

— Tu as réussi, dit-il. Tu as offert un nouveau départ à MacIver.

— Je n'aurais pas pu réussir sans toi, mon amour.

— Oh ! mais sache que j'adore passer le plus de temps possible avec Matty à la maison ! Nous avons une chance incroyable, toi et moi, d'être en mesure de nous occuper de lui nous-mêmes.

— C'est vrai. Se relayer, c'est le meilleur système.

Elle sourit et ajouta :

— Je vais aller appeler ma mère. J'espère qu'elle s'en sort, avec sa nouvelle galerie. Elle était tellement heureuse de l'inaugurer !

— Je l'ai eue hier au téléphone. Elle est enchantée.

Coral le contempla avec tendresse. Son mari était le plus attentionné des hommes. Avec elle, avec leur fils, et avec sa mère aussi. Posant Matty à terre, elle demanda :

— Tu ne veux vraiment pas savoir ce que dit cette rumeur, alors ?

— Si c'est encore que Salvatore tente de lancer une nouvelle compagnie de croisières, non.

— Non, ce n'est pas ça… D'ailleurs, je crois que son infortune lui a servi de leçon. En vendant Argento dès ton départ, il a engrangé plus de millions qu'il n'aurait jamais pensé toucher.

— Et il a été obligé d'en donner la majeure partie à Kyla lors du divorce, compléta Raffaele.

— Oui. Il n'est pas près de se remarier.

— Je ne m'inquiète pas pour lui. Malgré les sommes faramineuses qu'il a perdues, il est riche. Tu lui as tout laissé, à condition que l'extrait de naissance de notre fils mentionne son ascendance.

— C'est la seule chose qui compte, confirma-t-elle. Que Matteo sache d'où il vient.

— Exactement. Un petit Rossini né d'une Di Visconti, murmura-t-il en lui lançant un regard adorateur.

Coral vint se poster derrière lui et passa ses bras autour de son cou.

— Tu refuses donc de savoir…

— Non, dit-il en levant vers elle un regard intense. Je crois que j'ai entendu parler de cette rumeur. Tu es enceinte, n'est-ce pas ?

— Oh non ! On ne peut *rien* te cacher ! s'exclama-t-elle en riant.

— Rien. Et cette fois, je serai présent à chaque étape de ta grossesse.

Il se leva, prit Matteo dans ses bras et l'installa dans

son siège dont il boucla la ceinture. Puis, il se dirigea vers sa femme et se pencha sur ses lèvres pour l'embrasser.

L'embrasser amoureusement, dans la certitude qu'ils allaient élever ensemble leur merveilleuse famille, puis vieillir tous les deux, chaque jour plus heureux l'un près de l'autre.

**Secrétaire ou princesse, d'Emmy Grayson - N°4620**

Enceinte. Clara peine à croire le résultat qui s'affiche en lettres de feu sur son test de grossesse. Quelques semaines plus tôt, elle a perdu la raison entre les bras d'Alaric Van Ambrose et voilà qu'elle doit en assumer les conséquences. Sauf que son amant d'une nuit n'est autre que son patron – un prince de surcroît ! Alors qu'elle se désespère de cette situation inattendue, Alaric lui fait une proposition aussi folle que séduisante : quitter son poste de secrétaire pour devenir sa princesse…

**La trahison d'un Italien, d'Annie West - N°4621**

Dans la suite nuptiale de l'hôtel le plus prestigieux de Rome, Ida rejoint le cœur battant son tout nouvel époux. Et dire que Cesare Brunetti l'a choisie, elle, parmi toutes ces aristocrates qui lui tournaient autour ! Troublée à la perspective de sa nuit de noces avec le sublime héritier, elle déchante quand ce dernier lui révèle tout le mépris qu'il a pour elle. Sans le savoir, Ida s'est unie à l'ennemi juré de sa famille. Et, pour échapper à une vie de souffrance, il ne lui reste plus qu'une option : fuir…

**Scandaleuse nuit au palais, de Maya Blake - N°4622**

Douze ans plus tôt, le cheikh Tahir a failli perdre son trône et son honneur pour une femme. Mais, alors qu'il a tout fait depuis pour l'oublier, voilà que se présente aujourd'hui devant lui Lauren Winchester. La belle a gardé le pouvoir de le troubler, comprend-il aussitôt, avant de se ressaisir. Si Lauren se trouve dans son palais, c'est pour lui demander son aide, or Tahir compte profiter de cet avantage pour clore enfin leur histoire au goût d'inachevé…

**La mémoire des sens, de Rebecca Winters - N°4623**

Luna est bouleversée. Son époux, le prince Rinieri Baldasseri, qu'elle croyait mort à la suite d'un tremblement de terre, est vivant ! Alors qu'elle émerge d'un long cauchemar, un nouveau coup vient la frapper de plein fouet : Rini l'a oubliée. Envolés, leurs moments complices, leurs nuits torrides… Incapable de renoncer à leur bonheur passé, Luna ramène Rini chez eux, au palais de San Vitano, avec l'espoir secret de raviver en lui la flamme de la passion pour que renaissent leurs souvenirs…

## Un dangereux aveu, de Julia James - N°4624

« Si quelqu'un a une raison de s'opposer à cette union, qu'il parle maintenant ou se taise à jamais. » Les mots du prêtre résonnent dans l'église médiévale italienne, tandis qu'Ariana se lève pour interrompre la noce. Face à une assistance médusée, elle révèle alors attendre un enfant de Luca Farnese, le futur marié ! Le scandale est immédiat, retentissant, mais il paraît moins dangereux à Ariana que le regard noir de l'homme qui fut son amant avant d'être son ennemi…

## Une alliance avec Gianni Renzetti, de Lynne Graham - N°4625

Leur alliance sauverait Josephine de la ruine, et son ami d'enfance du scandale. Doit-elle néanmoins accepter d'épouser ce dernier ? Certes, Gianni Renzetti lui permettrait de conserver le domaine familial de Ladymead, mais il n'est pas un homme pour elle. Depuis toujours, il conquiert le monde et les femmes, tandis qu'elle aspire à une vie calme et rangée. Hélas, Josephine est dans l'impasse. Comment pourrait-elle dire non à Gianni alors qu'il tient entre ses mains son avenir… et son cœur ?

## La belle et le ténébreux, de Clare Connelly - N°4626

Depuis six ans, Thirio Skartos mène une vie de reclus, au sein de son château perdu dans les Alpes. Ainsi coupé du monde de débauche dans lequel il s'est perdu autrefois, il espère expier ses fautes. Jusqu'au jour où la tentation vient frapper à sa porte, sous les traits d'une délicate créature prénommée Lucinda. D'abord furieux d'être dérangé dans son antre, il ne peut s'empêcher d'être séduit par la belle. Au point de rompre son vœu de solitude pour explorer avec elle le désir qui les pousse l'un vers l'autre…

## Le milliardaire sans limites, de Lucy King - N°4627

SÉRIE : *LES FILS PERDUS D'ARGENTINE* - 3/3

*Il n'a aucune limite. Elle n'aura aucune échappatoire…* Le milliardaire Max Kentala joue selon ses propres règles et ne laisse personne se mettre en travers de son chemin. Aussi est-il d'abord méfiant à l'égard de la détective privée qui débarque dans son existence pour lui révéler le mystère de ses origines. Pourtant, seul avec la tenace Alexandra Osborne aux Caraïbes, il sent le désir le gagner et sa raison fléchir. Et, bientôt, Max ne songe plus qu'à conquérir la belle intruse…

## Le yacht de la passion, de Tara Pammi - N°4628

SÉRIE : *RELATIONS PRIVÉES* - 3/3

Après avoir fui un mariage forcé, Clare trouve refuge... sur un yacht. Comme si la situation pouvait être pire, elle découvre que le propriétaire du luxueux bateau n'est autre que Dev Kohli, le milliardaire avec lequel elle s'est abandonnée à la passion autrefois. À mesure qu'elle vogue à ses côtés vers une destination paradisiaque, Clare se demande si en échappant à son destin elle ne s'est pas exposée à un danger plus grand encore – celui de tomber amoureuse d'un homme avec qui elle n'a aucun avenir...

## Liaison grecque, de Jennifer Faye - N°4629

Depuis leur rencontre, Adara et Krystof entretiennent une liaison torride – et sans engagement. Mais Adara finit par se lasser de ces rendez-vous trop brefs et met fin à leur histoire vouée à l'échec. Jusqu'à ce qu'elle retrouve Krystof sur une île privée grecque, pour y préparer avec lui le mariage de leurs meilleurs amis. Dans ce cadre enchanteur, les derniers vestiges de sa raison s'évanouissent pour laisser libre cours à une passion dévorante...

## L'empreinte du désir, de Heidi Rice - N°4630

Xanthe est troublée : pour récupérer l'héritage qui lui permettra de sauver son entreprise, elle n'a d'autre choix que d'aller à la rencontre de Dane Redmond, son mari, et de lui faire signer une fois pour toutes les papiers de leur divorce... Si l'idée de revoir celui qui l'a brutalement quittée dix ans plus tôt ne l'effraie pas – ne s'est-elle pas affranchie de son joug, en devenant une femme d'affaires accomplie ? –, elle comprend pourtant, lorsqu'elle pénètre dans le majestueux bureau de Dane, que les choses ne seront pas si simples. Car, à la seconde où leurs regards se croisent, elle se sent chavirer de désir...

# VOTRE COLLECTION PRÉFÉRÉE DIRECTEMENT CHEZ VOUS

Vous souhaitez découvrir nos collections ? Une fois votre 1er colis à prix mini reçu, si vous souhaitez continuer à recevoir nos livres, cela se fera automatiquement. Vous n'avez aucune obligation d'achat et cette offre est sans engagement de durée !

Dans votre 1er colis, 2 livres au prix d'un seul
+ en cadeau le 1er tome de la saga *La couronne de Santina.*
8 tomes sont à collectionner !

**☛ COCHEZ la collection choisie et renvoyez cette page au**
**Service Lectrices Harlequin – CS 20008 – 59718 Lille Cedex 9 – France**

| Collections | Prix 1er colis | Réf. | Prix abonnement (frais de port compris) |
|---|---|---|---|
| ❑ **AZUR** | 4,75€ | AZ1406 | 6 livres par mois 31,49€ |
| ❑ **BLANCHE** | 7,30€ | BL1603 | 3 livres par mois 25,15€ |
| ❑ **LES HISTORIQUES** | 7,30€ | LH1202 | 2 livres par mois 17,69€ |
| ❑ **PASSIONS** | 7,80€ | PS0903 | 3 livres par mois 26,79€ |
| ❑ **BLACK ROSE** | 7,90€ | BR0013 | 3 livres par mois 27,09€ |
| ❑ **HARMONY*** | 5,99€ | HA0513 | 3 livres par mois 20,76€ |
| ❑ **SAGAS*** | 7,99€ | SG2303 | 3 livres tous les 2 mois, 29,46€ |
| ❑ **VICTORIA** | 7,80€ | VI2115 | 5 livres tous les 2 mois 42,59€ |
| ❑ **GENTLEMEN*** | 7,50€ | GT2022 | 2 livres tous les 2 mois 17,95€ |
| ❑ **NORA ROBERTS*** | 7,90€ | NR2402 | 2 livres tous les 2 mois prix variable** |
| ❑ **HORS-SÉRIE*** | 7,70€ | HS2812 | 2 livres tous les 2 mois 18,65€ |

*livres réédités / **entre 18,45€ et 18,85€ suivant le prix des livres

**F23PDFM**

N° d'abonnée Harlequin (si vous en avez un) ⌊_⌊_⌊_⌊_⌊_⌊_⌊_⌋

Mme ❐ Mlle ❐ Nom : ______________________

Prénom : ______________________ Adresse : ______________________

______________________________________________

Code Postal : ⌊_⌊_⌊_⌊_⌋ Ville : ______________________

Pays : ______________________ Tél. : ⌊_⌊_⌋⌊_⌊_⌋⌊_⌊_⌋⌊_⌊_⌋⌊_⌊_⌋

E-mail : ______________________________________

Date de naissance : ______________________________

**Date limite : 31 décembre 2023.** Vous recevrez votre colis environ 20 jours après réception de ce bon. Offre soumise à acceptation et réservée aux personnes majeures, résidant en France métropolitaine, dans la limite des stocks disponibles. Prix susceptibles de modification en cours d'année. Vous pouvez demander à accéder à vos données personnelles, à les rectifier ou à les effacer. Il vous suffit de nous écrire en nous indiquant vos nom, prénom et adresse à : Service Lectrices Harlequin CS 20008 59718 LILLE Cedex 9. Service Lectrices disponible du lundi au vendredi de 9h à 17h : 01 45 82 47 47.